외로운 사람, 힘든 사람, 슬픈 사람

이음희곡선

윤성호

외로운 사람, 힘든 사람, 슬픈 사람

일러두기

「외로운 사람, 힘든 사람, 슬픈 사람」은 2013년 한국예술종합학교 연극원 전문사 연출과 공연을 위해 안톤 체홉의 「바냐 아저씨」를 모티브로 재창작된 작품으로, 같은 해 혜화동 1번지에서 전진모 연출, 김보나, 김유경, 류기산, 박용우, 박웅, 백석광, 정새별 출연으로 초연되었다. 이 희곡은 2018년 10월 5일부터 27일까지 두산아트센터 Space111에서 공연된 대본이며, 출연진 및 제작진 등이 참여, 협의를 통해 수정 및 편집 과정을 거쳤음을 밝힌다. 공연의 출연진 및 제작진 크레디트는 다음과 같다.

원안	안톤 체홉 「바냐 아저씨」
작	윤성호
연출	전진모
조연출	박진아
드라마터그	김슬기
출연	서상원, 강말금, 조형래, 백석광, 박용우, 팽지인, 장샘이
무대	오태훈
음향	목소
조명	노명준
의상	김미나
소품·분장	장경숙
무대감독	이보한

차례

등장인물 | 때와 곳   6

프롤로그   7

1막 1장   19
     2장   23
     3장   36

2막 1장   49
     2장   53
     3장   61

3막 1장   81

4막 1장   99
     2장   102
     3장   111

에필로그   121

등장인물

서상원   50세. 광고계에서 일하다가, 『시대비평』의
새 편집장으로 왔다.

김남건   42세. 인문·사회과학 잡지 『시대비평』에서
오랜 기간 일해왔다.

박용우   41세. 물리학을 공부하다가 과학철학으로
전공을 바꾸었다. 김남건의 친구.

강수혜   44세. 『시대비평』에서 오랜 기간 회계 업무를
담당해왔다. 이혼 경험이 있다.

팽지인   33세. 그래픽 디자이너.
서상원과 내연 관계로, 서상원이 부임하면서
『시대비평』의 일을 하게 되었다.

조형래   45세. 『시대비평』 기자. 김남건보다 나이는
많으나, 근무 연수는 짧다.

장샘이   27세. 『시대비평』 기자. 대학 시절 인턴으로
잠시 근무했으며, 졸업 후 정식으로 입사했다.

때와 곳

2018년 현재, 서울.

프롤로그

인문·사회과학 계간지 『시대비평』(時代批評)을 발간하는
잡지사 사무실. 편집장을 비롯한 상주 직원들이 시무식에
이은 술자리를 벌이고 있다.
새로 온 편집장의 인사말을 기다리는 사람들.
박수 소리.

서상원   (묘하게 웃음 지으며) 이것 참 단출하고 좋네요.

사이.

조형래   우리 저기 빈 잔들부터 채울까요? 박 선생님도
         한잔 받으시고, (샘이에게 선수를 빼앗긴다.)
         아, 샘이. 좋았어.
박용우   고마워요,
조형래   남건이 술 있어? (남건, 있다는 듯) 응… 강 선생님
         또 자작하셨죠? 아이 뭐 맨날 자작이야. 그러지
         말고 제 잔도 좀. 하하.
김남건   편집장님도 한잔 받으시죠?
서상원   아, 그래요. 그럽시다.
조형래   자자, 그럼 우리 새로 오신 서상원 편집장님!
         한 말씀 부탁드립니다. 다시 한 번 박수!

박수 소리

서상원 　여러분 참, 존경스럽습니다. 요즘 같은 때에 교양
　　　　잡지, 그것도 이런 정통 인문·사회과학 계간지가
　　　　무려 십 수 년을 버텨왔다는 건, 정말 엄청난
　　　　일이죠, 대단히 의미 있는 일입니다. 그러한 곳에
　　　　편집장으로 오게 된 것이, 참 영광스럽고 또
　　　　동시에, 큰 책임감이 느껴지는 것도 사실입니다.
　　　　그간 참 많은 일이 있었습니다. 시대는 그렇게
　　　　계속해서 바뀌어가고 있죠. 새로운 시대에
　　　　걸맞은 새로운 담론을 열어가겠던 『시대비평』
　　　　역시, 당연하게도, 또다시… 새로운 흐름, 새로운
　　　　과제에 당면하고 있습니다.

형래, 크게 공감한다는 듯 고개를 연신 끄덕인다.

서상원 　아시다시피 저는 광고계에 있던 인물입니다.
　　　　적어도, 오늘날 사람들이 무엇에 반응하고,
　　　　무엇을 좋아하는지, 또 무엇을 이야기하고 싶어
　　　　하고 듣고 싶어 하는지, 그 현 경향을 읽고 또
　　　　내일의 경향을 제시할 수 있는 능력만큼은
　　　　가지고 있습니다.

형래, 안주를 먹는다.
수혜, 다시 자작하고,
남건, 그런 수혜에게 자신에게도 술을 주길 청한다.

서상원 　이 시대의 사람들, 독자들의 새로운 경향에
　　　　맞추어 다양한 지식과 교양을 제공해야 합니다.
　　　　입맛에 맞는 반찬만큼 맛있는 반찬이 또 어디

있겠습니까.

사람들 소소하게 웃음 짓는다.

서상원   『시대비평』이 갖고 있는 포부와 사명에 걸맞게,
           동시대, 보다 더 많은 사람들과 함께 널리
           소통할 수 있는『시대비평』이 되도록
           애쓰겠습니다. 자,『시대비평』을 위하여!
사람들   위하여!
조형래   아, 이거 홍익인간이 따로 없네요.
서상원   하하, 참 든든하고 좋네요. 우리 김남건 팀장님
           함께 잘해봅시다. 하하.
김남건   아, 네. 잘 부탁드립니다. (엉거주춤 일어서서 건배를
           하려 한다.)
조형래   러브 샷! 러브 샷!

남건과 서 편집장, 어찌할까 고민하다 어색하지만 러브
샷 한다.
사람들, 각기 온도 차가 있지만 박수를 친다. 샘이,
두 사람의 사진을 찍는다.

서상원   (사람들과 어울리며 자연스레 거리를 두는 남건을 향해)
           잘 좀 도와주세요, 김 팀장님.
김남건   돕긴요, 기대하겠습니다. 편집장님.
서상원   하하하. 기대는요.

남건, 샘이의 핸드폰을 뺏으면서 용우 쪽으로 자리를 옮긴다.
샘이, 핸드폰을 다시 뺏어서 탕비실로 들어간다.

서상원	(유심히 남건을 보다가) 아, 여기도 한잔 드려야지. 회계 쪽이시죠?
강수혜	네.
서상원	아, 우리 살림꾼이시네요. (술을 따르며) 잘 부탁드립니다. 회계팀장님.
강수혜	팀장은요, 무슨. 회계 쪽은 저밖에 없는데.
서상원	야, 고생 많으셨네.
조형래	우리 강 쌤으로 말씀드릴 것 같으면, 뭐 아주 그냥 맨바닥에 헤딩하면서…
서상원	하하. 앞으론 고생이 좀 줄어들 겁니다. 광고주며, 대행사 차부장급들 제가 꽉 잡고 있으니까요.
조형래	이야….
강수혜	그것 참 다행이네요. 하루 종일 전화통 붙잡고 정기구독 해주십사 부탁하는 거, 그것만 면할 수 있으면 바랄 게 없겠어요.
서상원	기다려보세요. 곧 마시는 술이 바뀔 겁니다.

수혜, 모르겠다는 듯, 술을 한 모금 마신다.

조형래	이야, 편집장님 그렇게 말씀하시니까 어쩐지 뭔가 비전이 보이는 듯한데요? 올해 스타트 좋은데, 한잔 하시죠! 그나저나 강 선생님, 슬슬 안주도 끝나가는 것 같은데…
강수혜	예산 초괍니다. 지금부턴 회비들 걷어 드셔야 합니다.
조형래	아니, 뭐 벌써. 이거 스타트부터 참…
김남건	뭐 이쯤해서 공식적인 자린 파하죠? 우리 내일

	회의 있잖아. 샘이 자료 준비해뒀지?
장샘이	그럼요, 끝나고 잠깐 정리만 하면 돼요.
김남건	오늘 같은 날 자리 언제 끝날 줄 알고.
장샘이	에이 별거 없어요, 잠깐이면 되는데?
김남건	(핑계를 만든다.) 어, 근데 내가 첨언할 것도 좀
	있고.
장샘이	지금요?
김남건	아니, 응, 뭐, 잠깐. (용우에게) 너 기다려야겠다.
박용우	응?

남건, 용우에게 모종의 신호를 보낸다.

박용우	아, 응.
조형래	에이, 이거 어쩐지 되게 아쉽네. 분위기도
	좋았는데.
강수혜	공식적인 자리 끝난 거면 저는 이만 일어날게요.
	생각보다 너무 늦었어.
조형래	에이, 집에 기다릴 사람도 없으면서.
강수혜	조 선배.
조형래	아, 미안합니다. 하하. 내가 너무 신나서.
서상원	저기 주목들 좀 해주세요. 후후. 그, 편집장
	재량으로 내일은 오후 출근들 합시다. 샘이 씨도
	내일 와서 준비하는 게 안 낫겠어요?
장샘이	저야, 뭐…
서상원	괜찮겠죠, 김 팀장님? 기왕 마시는 거 다 같이,
	맘 편하게 하면 좋잖아요?
김남건	… 아…
장샘이	그래요, 팀장님, 그래도 시무식이잖아요.

조형래	그래, 그러지 뭐…
김남건	… 뭐, 다들 그러시다면.
서상원	그래요. 그리고 우리 이제 사무실 나가서 어디 좋은 데로 좀 갑시다. 내가 함 쏘지 뭐.
조형래	오…
서상원	시무식 전통이라니까 이해는 하는데, 굳이 답답하게 사무실 고집할 건 없잖아요. 자꾸 익숙하고 편안한 걸 찾으면 안 돼요. 『시대비평』이 분명 좋은 글들과 담론으로 유명했지만 지금 어떻습니까. 출판사에선 휴간 얘기 나오고 하지 않았어요. 변해야죠. 문 닫으면 글이고 담론이고 소용없는 거잖아요. (사이) 조금만 기다려주세요. 꼭 이 '시대'를 살려내겠습니다.
조형래	야, (박수 치며) 살리고, 살리고… 남건이 갈 거지?
김남건	아, 뭐… 그래야죠. (용우와 눈을 마주친다.)
조형래	아! 정리하기 전에 우리, 박 선생님 말씀도 좀 들을까요?
박용우	됐습니다, 전.
조형래	에이, 그래도 이 자리에 유일한 외부인이신데. 독자 대표로다가 폼 나는 멘트 하나 빡. 응?
박용우	(손사래 친다.) 독자 대표는요, 무슨.
장샘이	그래요, 선생님. 한 말씀만 해주세요.
김남건	그래, 한마디 해라. 그렇게 사양하고 있다간, 자리도 안 끝나고 밤새겠다. 여러분, 독자 대표이자 잡종 철학자 박용웁니다.

사람들 박수.

조형래	편집장님, 우리 김 팀장 친구분인데요. 과학철학자시고, 그 『시대비평』의 웬만한 자리마다 직원들 못잖은 출석률을 보이시는, 한마디로 뭐 가족 같은 분이죠.
서상원	아, 과학철학… 훌륭한 일 하고 계시네요.
박용우	아닙니다.
서상원	왜요, 선생님처럼 다양한 분야와 접목한 철학이 요새 또 흐름 아니겠습니까? 이거 제 촉으로는, 선생님의 그 과학철학 글도 우리 계간에 한번 실어볼 수 있을 것 같은데.
박용우	예?
장샘이	오… 드디어!
김남건	되지도 않은 일에 너무 들떠하는 거 아냐?
장샘이	왜요… 진작 실었어야 했다니깐요.
김남건	진작은 무슨.
서상원	진작 실었을 법하죠, 왜, 과학철학, 인기 좋잖아요, 요즘. 현대 사회의 강력한 두 학문, 과학과 철학. 스토리텔링이 되지.
조형래	하긴. 이거 본격적으로 진행되면 흥미진진하겠네요.
장샘이	에… 그땐 별말 없으시더니…
조형래	아… 숙고… 중이었지. 그 왜 그거 <알쓸신잡> 도 시청률 높았잖아요…
서상원	그럼요.
조형래	야, 잘됐다, 박 선생. 두 분, 앞으로도 자주 보게 되겠네요.

알 수 없는 표정의 남건.

강수혜	(남건 등을 살피며) 자, 어쨌든, 2차 가서들 얘기 또 나누시고… 실례지만 먼저 일어날게요, 곧 버스 막차라.
조형래	아, 그래도 우리 박 선생님 얘긴 들어야죠. 자, 축하의 박수!
박용우	아, 괜찮습니다…. (짧은 사이) 이거 정말 해야 하는 거죠? 예, 김 팀장이랑 술 한잔한다는 게 우연히 자리를 또 함께하게 됐네요. 사실, 중요한 자리에 불청객이 된 건 아닌지 모르겠습니다. (짧은 사이) 어쨌든 감사합니다. 뭐 전 아시다시피 저기 김 팀장 친구로 종종 여기 와서, 이곳 '시대' 가 그동안 무언갈 잡아내기 위해, 무언갈 제시하기 위해 얼마나 치열하게 노력해왔는지 잘 알고 있습니다. 네, 오직 신념 하나로. 여기 김 팀장만 보더라도 말이죠. 이 친구 똥고집 다들 잘 아시잖아요? 어쨌든… 새로운 편집장님과 새로운 '시대', 너무 기대됩니다. (짧은 사이) 『시대비평』 여러분 올해도 힘내십쇼.

사람들, 박수.

조형래	야, 우리 박 선생님, 말씀도 잘하시고. 과학철학과 『시대비평』과의 만남, 아주 기대가 됩니다. '과학시대'라고 해야 하나? 하하하하. (사이) 자, 이제 여긴 막잔들 하고 나가시죠. (잔을 들며, 남건을 본다.)
김남건	시대!
사람들	비평!

샘이를 중심으로, 자리를 정리하며.

☆ [동시에 진행된다.]

김남건	대충 정리해.
장샘이	네.
김남건	너는 인마, '힘내십쇼'가 뭐냐, 빙충맞게.
박용우	그랬나? 하하.
김남건	됐어, 인마. 선생님, 어떻게 들어가세요?
강수혜	택시 타야죠.

☆

조형래	그나저나 오늘 누구 또 오실 분 있으시다고…
서상원	응, 뭐 그쪽 자리로 오라고 그럼 되지 뭐.
조형래	어휴, 이거 늦은 시간이라…
서상원	이것도 다 일이죠 뭐.
조형래	아… 뉴페? 뉴페? 가만있어보자, 책상을 어디에…
서상원	팽지인 씨라고, 그래픽 디자이너예요. 전에 같이 일하던. 앞으로 자주 보게 될 겁니다.

암전.

1막

1장

2월 어느 날 오후 세 시경.
수혜, 서류들이 든 작은 박스를 들고 사무실을 나선다.
수혜, 지나가는 차들을 살피는 양 둘러보는 사이, 용우,
아직은 춥다는 양 웅크린 채, 종종걸음으로 나타난다. 담배를
피우려는 듯 주머니를 뒤지다가 수혜를 발견한다.

박용우　　　안녕하세요.
강수혜　　　아, 네.

수혜, 인사를 하려던 중 서류 박스가 기우뚱거린다.
들어줄 듯 다가가 위태한 서류만 정리해서 다시 얹는 용우.

강수혜　　　고마워요, 용우 씨.
박용우　　　아뇨, 뭘.
강수혜　　　어쩐 일이에요?
박용우　　　근처 지나가다가요. (쑥스러운 듯) 그렇죠 뭐.
강수혜　　　괜히 물었네.
박용우　　　네?
강수혜　　　아직 출근 전이에요. 영 의욕 상실인가 봐요.
　　　　　　요사인 늘 느지막이 출근해 버릇하니까. 나이
　　　　　　마흔에 무슨 꼭 사춘기 어린애 같다니깐.
박용우　　　두 살이죠, 마흔둘…. 하하. (짧은 사이), 역시,
　　　　　　봄이라 그런가.
강수혜　　　아직 2월인걸요.

박용우	(짧은 사이) 그러니까요, 마지막 겨울잠이랄까. 곧 봄이니까요.
강수혜	…
박용우	농담입니다.
김수혜	그렇겠죠.
박용우	'시대'는 평온한가요?
강수혜	네?
박용우	아뇨, 뭐 판매 부수라든가.
강수혜	정말. 자꾸 그럴 거예요? 뻔히 알면서. (한숨) 얼어붙었어요. 지난 호 나간 이후론 외려 줄었네요.
박용우	예….
강수혜	그나마 구독자들도 떠나가는 마당에 누가 우릴 보고 있긴 한 건지…. 아무튼 김 팀장 만나려면 좀 기다려야 할 거예요.
박용우	아아. 사실 저 남건이 만나러 온 거 아니에요.
강수혜	그래요? 난 또.
박용우	가끔은 건너뛸 줄도 압니다. 하하.
강수혜	가끔 건너뛰다니, 매일 지친다고 투정이신 분들이.
박용우	아, 피로하죠. 왜 이렇게 빡빡한지 모르겠어요, 사는 게.
강수혜	그러게 적당히들 드세요. 왜 자기 몸을 그렇게들 못살게 구는지.
박용우	맞습니다. 지속되는 피로란 건, 그러니까 일종의 폭력이잖아요. 자기 착취랄까, 뭐 그런. 너무 바쁘죠. 그래도 술을 마신다는 건 글쎄 좀 달라요. 술잔 앞에서 우린 그나마 유예시켰던

시간과 만납니다. 한심하게 늘어지는 시간처럼 보이겠지만, 사실은 취해 늘어진 앞에 무언가 작은 것들을 바라볼 수 있는 그런 한없이 소중한 시간이랄까요.

강수혜 생각보다 진지하네요. (웃음 교환) 설득력은 떨어지지만. 역시 안 잡히네. 저쪽 길로 나가봐야겠어요, 택시 잡으려면.

박용우 사실 편집장님 좀 뵈러 왔는데.

강수혜 용우 씨가요?

박용우 아. 저기 그 지난번에 어쩌다가, 술자리에서 편집장님을 만났어요. 인사를 드렸더니, 그… 저한테 글을 좀… 하하.

강수혜 아, 생각날 듯도 하네요. 왜 지난번에도.

박용우 맞습니다. 하하. 그러시더라고요, 새로 고정 칼럼을 써보면 어떻겠냐고.

강수혜 … 그래요? 고정 칼럼?

박용우 모르셨어요?

강수혜 나야 뭐. 그건 편집부에서들 할 일이죠. 계약 건만도 수두룩하겠네, 이번 달엔 특히. 좋은 일인건지.

박용우 네?

강수혜 아니에요. 어쨌든 지금은 죄다 사무실에 없어요. 김 팀장도 편집님도.

박용우 아… 이상하네요. (애써 시계를 보는 듯 굴며) 오늘쯤 보자고 하셨는데….

강수혜 곧 들어오시겠죠. 들어가서 기다리세요, 그래도 사람이 없는 건 아니니까.

박용우 네. (짧은 사이) 저기 곧 들어오시겠죠?

강수혜	아마도요. 그럼 전.
박용우	네. (어쩐지 어색하게 인사한다.)

수혜, 간단히 인사하고 무대 저편으로 사라진다.
용우, 멀어지는 수혜를 보며 담뱃갑을 꺼내 드나, 그 안에 담배가 없다.
멀뚱해진 채 잠시 서 있다가 사무실로 들어서는 용우.

암전.

2장

형래의 노랫소리가 들려오는 사무실.
샘이, 무심코 들어서는 용우를 발견하고는, 무척 반가운
기색이다.

장샘이   어, 선생님! 안녕하세요.

박용우   어우, 샘이 씨 있었네요?

조형래   (노래를 멈추고는, 빼꼼히 고개를 내민다.) 어, 박 선생!
           남건이 아직 출근 전인데.

박용우   네, 들었어요.

조형래   (용우에게) … 손이 완전 얼음장이네. 내가 따뜻한
           차 한잔 타 드릴까?

장샘이   아뇨, 제가 드릴게요.

박용우   아….

장샘이   앉아 계세요. 제 꺼 타는 김에. 하하.

조형래   (반색하며) 그럼 난 유자차!

장샘이   유자찬 다 떨어졌어요. (샘이, 탕비실로 휙
           들어가버린다.)

조형래   아… 있을 건데, 앉아 있어.

박용우   (멋쩍어 하는 형래에게) 하하…

샘이, 탕비실로 들어간 사이, 남건 들어선다.

박용우   어이….

김남건   웬일이야? 온단 얘기 없었잖아.

박용우	응, 그렇게 됐네. 그나저나 몇 신데 이제 출근이야?
김남건	염려 놓으세요, 그래도 잘 굴러갑니다.
장샘이	팀장님!
김남건	어, 샘이⋯.
장샘이	뭘 잘 굴러가요. 자꾸 그렇게 늦으실 거예요?
김남건	응. 샘이 너만 믿는 거지 뭐.
장샘이	뭐예요⋯.

샘이, 조용히 용우에게 커피를 건넨다.

김남건	그래그래. 서편 아직이지?
장샘이	네, 오늘 오전에 무슨 미팅 있으시다고.
김남건	미팅은 무슨. 별일 없고?
장샘이	많죠, 일단 기획좌담 기획이랑⋯
김남건	기획좌담 기획, 재밌지 않냐? 기획좌담 기획좌담 기획⋯
장샘이	⋯ 제가, 지금, 덕분에, 요새 정말 얼마나 바쁜지 아시죠?
김남건	그래도 잘하잖아.
장샘이	근데 그 잘한 게 지금 사흘째 잠만 자고 있네요?
김남건	알았다.
장샘이	⋯ 책상 위에 이만큼이에요, 이만큼!

샘이, 형래에게 유자차를 가져다준다.

김남건	(용우에게) 우리 대장⋯
박용우	어째 분위기가 영⋯

김남건	(사이) 요샌 자꾸 나이 헛먹었단 생각이 든다.
박용우	응?
김남건	그냥, 요즘엔. 일이건 사람이건… 근데 술 마시러 가기엔 좀 이르지 않냐?
박용우	나 그렇게 한가한 사람 아닙니다, 김 팀장님.
김남건	김 팀장님? (짧은 사이) 무슨 꿍꿍이야?
박용우	나 오늘 편집장님 뵈러 왔어.
김남건	응?

샘이, 남건이 검토해야 할 문서들을 갖고 나와서 남건 앞에 올려놓는다.

김남건	(할 일은 다시 내버려둔 채) 샘이야, 이 친구 이거 서편 보러 왔다는데?
장샘이	진짜요? 드디어 글 주시는 거예요?
김남건	글을 주시긴, 우리가 고료를 주는 거지.
장샘이	지금 밀린 고료가 얼만진 아시죠? (용우에게) 선생님도 강제 구독 당하실지도 몰라요, 고료 대신.
박용우	저는, 벌써 '시대'의 태초부터 강제 구독을….
김남건	그게 왜 강제야, 이 '시대'의 응?
장샘이	네, 네… 필자들 보기 민망해 죽겠어요…. 그러니까 열심히 해야죠! 그쵸, 팀장님?! (남건을 째려본다.)
김남건	그거야 뭐 서편이. 아니, 근데 박 선생 너 정말?
장샘이	왜요, 지난번에 시무식 때도….
김남건	빙충맞긴, 그런 접대 멘트를….
박용우	아냐, 얼마 전에도 한 번 얘기하고, 오늘

즈음해서 차 한잔 하기로 했어.

장샘이   (웃음 지으며) 너무 기대돼요, 선생님 글이라니.

김남건   … 당최.

남건, 샘이가 준 서류 뭉치를 하나둘 넘겨본다.

김남건   샘이, 인터뷰 오늘이던가?

장샘이   그게 언젠데요… 그 뒤에 있거든요?

김남건   아….

장샘이   "정신 줄 안 잡으면 '시대'는 벌써 저만치
　　　　　　　달아납니다."

김남건   하나도 안 비슷해.

김남건   어쨌든, 다 곧이곧대로 들을 것도 없어.

박용우   …?

장샘이   …?

김남건   편집장 말이야. 믿고 볼 만한 구석이 있어야
　　　　　　　말이지. 말끝마다 트렌디, 트렌디. 방향을
　　　　　　　봐야지, 우리는.

조형래   김 팀장!

형래, 나온다.

조형래   남건, 저기 이것 좀 봐주겠어?

김남건   봐주긴 뭘 봐줘요. 선배도 참.

조형래   그래도 팀장이 봐줘야, 마음 놓고 뭘 하지.

김남건   서편한테 바로 올리시죠, 뭐.

조형래   아이, 가다만 좀 봐줘. 이것 좀 봐봐, 응?

박용우   일 봐.

김남건	뭘 자꾸 보라는 거야.
조형래	응, 그때 그 원고 온 거랑 내가 대충 편집 좀 해봤거든.

무대엔, 용우와 샘이 둘만 남는다.

사이.

장샘이	…
박용우	저 친구, 곧잘 외골수처럼 구는 게 있죠.
장샘이	그죠, 분명하고, 정확한 분이니까. 근데 요샌.
박용우	…?
장샘이	모르겠어요. 일은 나 몰라라, 대체 왜 저러시는지,
박용우	… 적응할 시간이 필요하겠죠. 나이가 먹을수록 무언가 바뀌고 있단 걸 받아들이기까지 좀 더 어려움이 있기 마련이니까.
장샘이	(중얼거리듯) 역시 그런 건가?
박용우	…
장샘이	저는 『시대비평』이 뭔가 해내기에 지금이 더 좋은 기회 같거든요.
박용우	…?
장샘이	근데 선생님은 어떤 글 쓰시게 되는 거예요?
박용우	글쎄요.
장샘이	예전에 선생님 「사회 현상에 대한 유전자적 해석」이란 칼럼 너무 좋았는데. 물론 그것 말고도 다 좋았어요, 선생님 글 쓰신다니까 너무 기대돼요.
박용우	참 찾아보기도 힘든 글인데.

장샘이	좋은 글 찾아 읽는 것도 제 일인데요, 뭐.

남건과 형래, 모습을 드러낸다.

김남건	이거 좀 풀 데는 풀고, 이슈랑 연관성도 좀 드러나게 제시해야 할 것 같아요. 그분 섭외한 이유가 있는 거잖아요.
조형래	그래도 넣는다고 다 구겨 넣었는데.
김남건	알겠는데, 이거 무슨 논문도 아니고. 너무 고루해.
조형래	에이. 깊이지 깊이. 너무 대강 훑어봐서 그런 거 아냐? 너가 맨날 독자를 찾아가는 게 아니라 독자를 찾아오게끔 해야 한다고.
김남건	웬만해야죠. 이건 뭐 도망갈 수준 아닌가?
조형래	하긴 그치…? 역시 좀 대중적으로다가…
김남건	중간만 하세요, 중간만.
조형래	그렇지…
김남건	이거 사진은 뭐예요? 사진이랑 글이랑 너무 따로 노는 거 아냐?
조형래	편집장님이…
김남건	서편이 뭐요.
조형래	아니, 스타처럼 띄워주면 어떻겠냐고. 칼라 지면도 늘어난 김에 예쁜 사진도 좀 박아 넣고.
김남건	지금 장난칩니까? 생각이 좋고 글이 좋은 게 부각이 돼야지! 선배도 참.
조형래	에이, 그 얘기 아닌 거 알잖아. 시각 정보 차원에서.
김남건	시각 정보는 무슨!

조형래	음…
김남건	어쨌든 제 생각엔 그렇네요. … 이게 무슨 패션 잡지도 아니고…
조형래	중간이라… 어렵네. 암튼 고마워, 김 팀장. 다시 한 번 해보지 뭐. 땡큐.

조형래, 다시 들어간다.

김남건	… 선배도 참. 하여튼 뭔가 엉망진창이야. 다 허물어지고 다시 시작하는 기분이라고. 머리 하나 바뀌었다고들 이렇게 붕 떠갖고는. 이건 뭐 갈필 못 잡고….

조형래, 조용히 문을 닫는다.

김남건	아니 그리고, 뭐, 투고 받기로 한 거 있었나? 그… 허 교수한테?
장샘이	성명대 허교수 님요?
김남건	전활 받는데, 편집장 있냐고 묻더니만 뚝 끊어버리더라고.
장샘이	오, 뭐 같이 하나 하면, 재밌긴 하겠는데요?
김남건	재미는 개뿔. 얘가 아직 세상 물정 모르네. 아니, 그 작자 사짜야. 아무 말이나 지껄여댄다고.
장샘이	근데 그 '아무 말'이 요새 엄청 잘 먹히잖아요. 뭔가 건질 게 있을 것 같은데.
김남건	… 지면 낭비야.

편집장과 지인, 들어온다.

서상원	너무 춥다. 도통 풀리질 않네.
김남건	얼어 죽기 딱 좋은 날씨죠.
장샘이	오셨어요?
서상원	아, 그래 샘이 씨. 팀장님도 계셨네요, 친구분하고.
박용우	네, 편집장님. 잘 지내셨죠?
서상원	나야 뭐 너무 바빠서 문제죠. 하하.
박용우	네.
서상원	아, 인사해요, 우리 김 팀장 친구분.
박용우	안녕하세요. 박용웁니다.
팽지인	네, 안녕하세요. 팽지인이에요.
서상원	아, 샘이 씨. 지난번에 내가 갖고 온 보이차 있죠?
장샘이	아, 네…
서상원	팽 디자이너도 괜찮지, 보이차?
팽지인	좋죠. 아, 제가…
장샘이	에이 아니에요.

샘이, 탕비실로 들어간다.
남건, 주머니에서 박하사탕을 꺼내 오물거린다.

박용우	아, 생각났어요.
팽지인	네?
박용우	저 지난번에 왜 출판사에서 뵈었었죠? '휴만' 이었나?
팽지인	아… 아, 맞네요, 그때! 한참 책 원고 얘기하시던 분!

서상원	아, 둘이 구면인가?
박용우	하하.
팽지인	네, 기억나네요. 어떻게 책은 출간하셨어요?
박용우	아, 그거…
김남건	술 먹고 불태워 버리시겠다던 그 원고?
박용우	어… 그거.
팽지인	그래요? 그쪽 반응도 나쁘지 않았었던 것 같은데.
박용우	그야…
김남건	면전에서야 안 그랬겠어요?
박용우	그게 뭐 그쪽하곤 잘 안 맞았나 봐요. 어차피 손볼 생각이었는데 겸사겸사.
팽지인	네에.
서상원	책 내게 되면 언질 줘요. 여기 팽지인 씨가 또 그래픽 디자이너니까.
박용우	이번 글 표지 걱정은 안 해도 되겠네요? 하하.
서상원	그럼요, 언제든 연락해요. 우린 들어가지?
팽지인	네.
서상원	그래요, 두 분 얘기들 나누세요.
박용우	아…

말을 주고받는 사이, 샘이 찻잔을 들고 나온다.

서상원	아! 조형래 씨 사무실에 있나?
장샘이	네.
서상원	조형래 씨?

형래, 허겁지겁 나온다.

조형래   네, 편집장님.

서상원   그거 다 됐어요?

조형래   네?

서상원   왜 내가 부탁했던.

조형래   아아, 그럼요.

형래, 들어가려다 다시 튀어나와선

조형래   저기, 샘이야.

장샘이   네?

조형래   그 내가 정리해서 달라고 한 거 있잖아, 왜.
           엑셀파일로.

장샘이   네, 프린트만 하면 되는데.

서상원   알겠으니까, 내 방으로 좀 갖다 줘요.

조형래   네.

장샘이   네.

서상원   (지인에게) 그럼 들어갈까?

팽지인   네.

장샘이   이건…

팽지인   주세요, 제가 갖고 들어갈게요.

장샘이   아, 네.

편집장과 지인, 편집장실 쪽으로 들어간다.

조형래   보자, 얼른.

장샘이   네, 프린트만 하면 돼요.

조형래   그래, 잠깐만 보자고.

형래와 샘이, 들어간다.

편집장실에서 쇼팽의 「녹턴」이 흘러나온다. 사이.

김남건	(탄식하듯) 아름답다, 아름다워.
박용우	… 쇼팽?
김남건	팽디. 디자이너 말이야. 대체 왜…?
박용우	뭐가?
김남건	나이 헛 먹었구만, 그렇게 눈치가 없어?
박용우	설마.
김남건	설마가 아니야. (짧은 사이) 정말 멋있는 여자야. 대단해.
박용우	넋이 나갔구만.
김남건	정말 드물잖아, 저런 여자. 예쁘고, 비극적이고, 예쁘고.
박용우	결국 예쁘다는 얘기지?
김남건	아니, 그것보다, 진짜야.
박용우	진짜?
김남건	그러니 비극미가 있지.
박용우	…

사이.

김남건	난 나이만 처먹고 그동안 뭐했는지 몰라.
박용우	한번 다녀왔지 뭐.
김남건	그나저나 넌 어떻게 된 거야? 입도 뻥긋 못하고?
박용우	글쎄.

| 김남건 | 기억도 못 하고 있다니깐. 정말 기고할 생각이라면, 좀 더 확실하게 들이밀라고. 내 입장에서 진행할 일도 아니고. |
| 박용우 | 됐어. 생각나면 다시 무슨 얘기 있겠지. |

형래와 샘이, 나온다.

조형래	수고 많았어.
김남건	뭔데?
장샘이	네?
조형래	필진이랑 편집위원 명단. 기존 필진들 정리 좀 하자 그러셔서.
김남건	뭐?

남건, 일어나 형래가 가진 문서를 채어 본다.

조형래	아니, 뭐 대중적인 인지도가 있는 필진으로 새로 꾸리신다고 하셔서 말이야.
김남건	…
장샘이	…
김남건	…
조형래	괜찮지?

수혜, 들어온다.

| 강수혜 | 웬일이야, 다들 모여 있네. 김 팀장은 언제 왔어요? |
| 김남건 | … (사무실을 나간다.) |

강수혜　　　　용우 씨도 어떻게…?

박용우　　　　네… (어색한 미소)

짧은 사이.

강수혜　　　　(짐짓 말을 돌리며) 밖에 날이 더 추워진 것 같아.
　　　　　　　언제 풀릴는지 정말.

조형래　　　　뭐 꿈도 꾸지 말라던데요, 당분간?

강수혜　　　　…?

조형래　　　　아직 멀었대요, 풀리려면.

사람들, 이래저래 눈치만 살핀다.

암전.

3장

남건, 용우, 샘이.
남건과 용우, 앉아 있다.

강수혜	계속 사무실에들 있을 거예요?
김남건	강 샘도 한잔 하고 가시겠어요? 저흰…
강수혜	난 됐어요. 뭘 해도 피곤해, 사무실에 있으면.
박용우	자릴 옮길까요?
강수혜	(웃음 띠며) 그런 얘기 아닌 거 알잖아요. 난 들어가요.
김남건	네… 다음엔 꼭 같이 해요.
강수혜	그래요, 다음에. 사무실에서 담배들 피우지 말고요.
박용우	네, 살펴 들어가세요.

수혜, 퇴장.
형래, 가방을 들고 나오며,

조형래	더들 있을 거야?
김남건	일어나야죠.
조형래	응. 샘이 너는 안 가니? (짧은 사이) 그래, 뭐 먼저 갈게.
김남건	네, 네… 들어가세요.

형래, 퇴장.

무겁고 짧은 사이.

김남건　　　샘이 넌 왜 그러고 섰어? 퇴근 안 해?

장샘이　　　죄송합니다.

김남건　　　그러게. 한방 먹었네, 이거. 다른 데도 아니고
　　　　　　'시대'에서.

장샘이　　　…

김남건　　　그래, 판매 부수, 조회 수 중요해. 사람들 입에
　　　　　　오르내리는 거 좋지. 그래도 보여줄 걸
　　　　　　보여줘야지. 이건 뭐 예능 찍자는 것도 아니고.
　　　　　　다 휩쓸려가더라도, 누군가는 자리를 지키고
　　　　　　있어야 하는 거 아냐?

장샘이　　　…

김남건　　　광고하다 왔으면 광고 따고 판촉이나 하면 되지,
　　　　　　방향은 왜 건드려.

장샘이　　　(미안함에 혼잣말하듯) 방향을 건드려야 광고도
　　　　　　따고…

김남건　　　… 너도 명단에 없더라?

박용우　　　뭐, 그런가 보지.

장샘이　　　제가 내일이라도 꼭 여쭤볼게요.

박용우　　　아니에요. 그러다 두 번 죽게요.

장샘이　　　선생님 글 꼭 실었으면 좋겠는데.

박용우　　　허허. 팟캐스트라도 해볼까? '알쓸… 과철'?
　　　　　　알아둬야 쓸 데 없는 과학철학.

김남건　　　그때 맥주 아직 남았지? … 너도 한잔할래?

장샘이　　　아… 네. 갖고 올게요.

김남건　　　그래.

샘이 나가고, 사이.

김남건   너 이 바닥에 나온 지 얼마나 됐냐? 물리학
                           때려치우고 말이야.

박용우   대학원 다시 간 게 한 십 년 전이니까.

김남건   벌써 그렇게 됐나. 그때 더 뜯어말렸어야 하는
                           건데.

박용우   됐다, 다 지나갔다. 뭘 해도 해볼 수 있는 땐
                           그때가 끝이었지.

김남건   딱하다 딱해. 사십 넘어가지고 방방곡곡
                           시간강사 뛰고 있고.

박용우   전 아직 삼십 댄데요? 만으론…

김남건   …

샘이, 캔맥주를 들고 들어온다. 각자 맥주를 딴다.

김남건   시대.
장샘이   비평.

셋, 맥주를 마신다.

김남건   언제 그렇게 읽어본 거야, 이 친구 글은?
장샘이   네?
김남건   꼭 기고했으면 좋겠다며, 글 좋다고.
장샘이   아, 아무래도 두 분 친구분이시니까, 아무래도
                           저도.
김남건   아무래도?
장샘이   그러니까, … 두 분 대학 때부터 친구시잖아요.

김남건	근데?
박용우	학보사 동기였죠. 과에선 피했는데, 불운하게도. 그때부터 이쪽은 김 기자, 나는 찍새.
장샘이	찍새요?
김남건	사진 찍었거든.
장샘이	저도 사진 찍는 거 정말 좋아하는데. 저도 좀 가르쳐주세요.
박용우	가르칠 실력은 아니에요, 대학 때 잠깐이라.
김남건	그때 여자 꼬신다고 사진 찍고 다닌 거거든.
박용우	야야.
장샘이	정말요? 그래서 누구 사귀셨어요?
김남건	사귀었지, 그것도 꽤 오래. 헤어지고는 아주 볼 만했다고.
장샘이	왜요?
김남건	한동안 별명이 예수였거든. 폐인처럼 너저분하게 다니는 꼴이 아주.
박용우	별 얘길 다 한다.
김남건	그래놓곤 갑자기 철학 공부 시작한 거야.
박용우	무슨 소리야?
김남건	맞잖아. 고 다음해 갑자기 철학박사 한답시고 다시 대학원. 예수에서 동방박사로! 여자친구랑 헤어졌다고 말야.
박용우	'라플라스의 악마'라고 알아요?
장샘이	네?
박용우	어떤 현상이 있을 때, 거기엔 정말 수많은 요인들이 있는 거잖아요. 셀 수도 없는 크고 작은 일들이 서로 끊임없이 작용하고 있는데, 그걸 죄다 파악하는 게 과연 가능한 일일까요?

김남건	(어딘가로 문자를 보내며) 또 궤변 시작됐네.
박용우	그런데 라플라스의 악마라는 건, 그 모든 가능성을 굽어보는 존재거든요. 어때요? 그런 존재가 있을 것 같아요?
장샘이	글쎄요…
박용우	이 친구가 갑자기 사표를 냈다고 칩시다. 왜까요? 스카웃 제의인가? 그럴 리는 없고. 자기가 편집장 못 된 거에 속상했나? 하지만 남건이의 아프리카에 대한 오랜 로망 따윈 생각도 못 해냈겠죠! 작열하는 태양, 태초의 인간!
김남건	신소리 그만해.
장샘이	왜요, 재밌는데.
박용우	그래요, 세상일이 그렇죠. 우리 가까이, 꽤나 잘 알고 있다고 생각되는 사람에 대한 것만도 우린 확실히 말할 수가 없어요. 심지어 우리 자신에 대해서조차도 말이에요. 그럼에도 불구하고, 우연이라든가 어떤 불확실한 것 위에 서 있다고 생각하는 순간, 제 멋대로 이해해버리고 싶은 욕망이 발동하는 거죠.
장샘이	맞네요. 정말.
김남건	맞긴 뭐가 맞아.
장샘이	왜요. 그럴 수도 있죠.
장샘이	저도 그런 생각 해본 적 있는 것 같아요.
김남건	이거 이놈 케케묵은 레퍼토리라고. 세상은 복잡하고, 우린 어떤 것도 말할 수 없다. 그렇지?
박용우	말할 수 없어.
김남건	결국 세상에 별 도움도 안 되는 잡종 철학이라고.

	그래 세상 복잡하지. 그렇다고 우리가 가고 있는 방향에 옳고 그른 것도 없는 건가? 그래서 지금은 뭐야? 이젠 아무도 모르잖아, 세상이 어디로 가고 있는지, 어디로 가야 하는지.
박용우	그렇지. 그래서 여자친구랑 헤어진 건 석사 시작하고 난 다음이에요.
김남건	뭐라는 거야.
장샘이	근데 그런 게 정말 있을까요?
박용우	예?
장샘이	모든 우연이나 불확실한 것들을 확실하게 만들어주는 그런 원리? 같은 거요. 예전엔 저도 그런 걸 찾아서 사람들한테 제시해줘야 한다고 생각했는데, 그런 건 이제 없는 거 같아요.
김남건	이거 물들어버렸구만.
장샘이	아뇨, 그렇다기보단. 정답 같은 건 사실은 너무 뻔하거나 뜬구름 같단 생각도 요샌 좀 들어서요. 그런 걸 찾을 수 있다고 생각하는 것 자체가 오만한 것 아닐까. 그래서 신이라기보단 악마라고 이름 붙인 게 아닐까 싶고. 그러니까 정해진 답을 좇기보단, 지금 할 수 있는 일들을 해나가는 게 중요한 것 같아요.
김남건	말이야 좋지만, 어느 세월에? 그 할 수 있는 일. 사람들 안 해. 못 해. 사람들, 사는 것도 바빠. 그 사람들 대신 봐주고, 싸우는 게 우리가 하는 일이고. 그러니까 잘 싸워야지. 쓸데없는 싸움할 게 아니라.
장샘이	음, 그런데 그 쓸데없는 싸움들이야말로 뭔가 바뀌나가고 있지 않아요? 우린 좇아가기에

바쁘고.

김남건　　　…

박용우　　　샘이 씨가 제일 낫네요. (김남건에게) 근데
　　　　　아까부터 뭘 그렇게 봐?

김남건　　　신경 꺼. 일하느라고 그래.

장샘이　　　무슨 일이신데요?

김남건　　　에이, 사사건건 내 너한테 보고할까?

장샘이　　　팀장님 요즘 일 안 하시잖아요.

김남건　　　뭐?

박용우　　　그, 팽지인 씨(?)는 어때?

김남건　　　어?

박용우　　　아니 뭐, 같이 일하기에 말이야.

김남건　　　글쎄 나도 모르겠지… 만날 편집장이랑 있으니
　　　　　알 수가 있나.

박용우　　　그래? 꽤나 젊어 보이던데.

김남건　　　어, 이제 삼땡.

박용우　　　아, 서른셋.

김남건　　　어, 디자이너로 한창 일할 나이지, 근데. 여기서
　　　　　뭐…

장샘이　　　그래도 우리야 너무 좋죠… 되게 잘할 것 같은데.

박용우　　　그래요?

장샘이　　　네, 근데 뭔가 포스가… 선뜻 말 붙이기 어려운?

김남건　　　… 아무튼 우리 편집장 운도 좋아.

박용우　　　음, 편집장… 뭐, 그만하면 인생 잘 풀렸지.

김남건　　　몹시.

어쩐지 허탈한 듯 보이는 두 사람.

장샘이   두 분도 괜찮아요. 멋있어요.

둘, 각기 쓴웃음을 짓는다. 사이.
남건, 휴대폰을 주머니에 넣으며,

김남건   화장실 좀 갔다 올게. 빈속에 맥주라 그런가,
            속이 영.

남건, 나간다.

장샘이   기분 안 좋아 보이시죠?
박용우   저 친구요?
장샘이   네. …아까 새 필진 얘기, 아무래도
            당황스러우셨던 것 같아서요.
박용우   내버려둬요, 괜찮아지겠죠. 샘이 씨가 그런 것도
            아니고.
장샘이   '굳이' 말씀 안 드리긴 했어요…
박용우   예?
장샘이   팀장님은 어차피 반대하실 것 같아서요…
장샘이   (짧은 사이) 그래도 전. 역시 이게 맞는 방향
            같거든요. 편집장님하고 같은 이유는
            아니지만…
박용우   음…
장샘이   근데 너무했나 싶기도 하고…
박용우   아니에요. 샘이 씨 말이 맞는지도 몰라요.
            여기라고 변하지 않을 순 없죠. 요즘 세상에
            한결같다는 게 딱히 미덕이라고만 볼 수도 없고.
장샘이   역시 독자 대표!

박용우	아이, 아니라니깐요.
장샘이	첨에 진짜 여기 직원이신 줄 알았는데. (뭔가 떠오르는 듯 미소 지으며) 저 인턴으로 왔을 때요, 대학생 때. 그땐 막 어리버리하고, 아무것도 모른다고 엄청 혼나고. 근데 선생님께서 오셔서 반갑다고 열심히 하라고, 좋은 얘기 많이 해주셨잖아요. 기억나세요?
박용우	네, 뭐.
장샘이	아무튼 그때 선생님께서 자기도 학생이라고, 같은 학생끼리 반갑다고, 되도 않는 농담을…
박용우	하하, 그랬나?
장샘이	네… 그땐 진짜 어렸는데… 선생님하고 이렇게 세상 돌아가는 얘길하고… 하.

짧은 사이.

장샘이	산다는 게 참 어렵죠.
박용우	예?
장샘이	아, 아뇨. 그러니까, 올곧게 서 있어야 하는데, 자꾸 휩쓸려버리고. 좀 알 만하겠다 싶으면 또 모르겠고.
박용우	하하. 그러게요. 나도 그랬던 것 같네. 정말 보아내고 싶고, 알아내고 싶고… 그랬던 것 같은데, 이젠 글쎄요. 좀 놓아버린 것 같기도 하고.
장샘이	하지만, 선생님 글은 그렇지 않은 걸요. 현실을 냉정하게 읽어내면서도 무언가 기대하게 되고, 마음도 따스해지고. 그리고 무엇보다, 사람에

	대한 애정도 있는 것 같아요.
박용우	그래요?
장샘이	네. 좋은 어른 같은?
박용우	이거 갑자기 훅 늙어버린 것 같은데요?
장샘이	아니에요, 그런 거… 그러니까 그런 사람 별로 없잖아요, 좋은… 사람?
박용우	… (웃으며) 속고 있는 거예요, 그게 뭐든.
장샘이	…

무언가 알 수 없는 분위기.
남건, 들어온다.

김남건	자리 옮기자. 춥다.
박용우	이거 왠지 오늘도 한참 마실 필이네.
김남건	… 샘이도 갈래?
장샘이	좋아요. 근데 팀장님 내일도 늦으시는 거 아니죠?
김남건	글쎄, 내일은 안 나올지도 몰라.
장샘이	네?
김남건	'시대'를 부탁한다.
장샘이	무슨 '시대'를 부탁해요? 자꾸 그러시면 확 그만둡니다. (용우에게) 저 잠시만요.

남건과 용우, 둘만 남는다.

박용우	휴…
김남건	왜?
박용우	아냐.

김남건   싱겁긴.

사이.

김남건   담배 있냐?
박용우   없어. 다 폈어.

생각에 잠긴 듯한 두 사람.
남건, 괜스레 휴대폰을 만지작거리는데
샘이, 나온다.

장샘이   어디로 가요?
김남건   자, 어디로 가야 하나?

암전.

2막

1장

『시대비평』 사무실 건물 앞.
지인, 등장. 문자를 확인하는 듯, 어쩐지 표정이 심란하다.
수혜, 길을 나서다가 편지 뭉치 가운데 무언가를 찾는 듯.
문득 눈이 마주치는 두 사람, 어색하게 인사를 주고받는다.

팽지인   안녕하세요.

강수혜   아, 네.

팽지인   어디 나가시는 길인가 봐요.

강수혜   그러게요. (여전히 편지 뭉치를 솎아보고 있다.)

팽지인   뭐 찾으세요? 좀 도와드릴까요?

강수혜   그럴 리가 없는데 두고 내려왔나…

팽지인   어떤 건데요?

강수혜   아니에요. (혼잣말로) 오늘 꼭 발송해야 하는데….
           편집장님 안 계신데.

팽지인   네, 제가 조금 일찍 도착했어요. (시간을 확인하며)
           좀 있으면 들어오실 거예요.

강수혜   네, 그래도 디자인 회의 시간은 지키시는
           편이니까.

팽지인   네?

강수혜   아니에요.

팽지인   네… 모두들 계시죠?

강수혜   김 팀장이랑 샘이 씨는요.

팽지인   고 기자님은요?

강수혜   누구요?

팽지인	고형래 기자님요.
강수혜	아. 외근 나갔어요. 고형래 씨가 아니라, 조형래 씨구요.
팽지인	어머, 죄송해요.
강수혜	저한테 죄송하실 거 있나요, 혹시라도 실수하기 전에 알아 다행이죠. 그래도 같이 일한 지 두 달은 되지 않았나?
팽지인	그러게요, 제가 좀 헷갈렸어요.
강수혜	조 선배가 서운해하겠네요.
팽지인	네…. 사무실엔 별일 없죠?
강수혜	글쎄요. 편집장님이랑 보내는 시간이 제일 많은 게 지인 씨잖아요.

지인의 핸드폰, 문자메시지 알림 소리.

강수혜	(지인이 잠시 핸드폰을 보는 사이) 다른 뜻은 아니에요.
팽지인	네… 디자인 얘기 말곤. 회의가 잦아서 그렇죠 뭐…
강수혜	겨우겨우 버티고 있어요. 판매 부수도 지지부진하고. 뭐 새삼스런 일도 아니지만. 편집장님 호언장담했던 광고 쪽도 무소식이구요. 물론 페이지 없다보면 아시겠지만.

다시, 문자메시지 수신을 알리는 벨소리.

강수혜	지인 씨한텐 별말씀 없으셨나보죠?
팽지인	네, 그런 얘긴….

강수혜   (혼잣말처럼) 괜한 얘길 했나.

짧은 사이.

강수혜   아, 여깄었네. 이걸 왜 못 보고 있었지.
팽지인   다행이네요.
강수혜   그러게요. 정신이 없네요, 요즈음엔 부쩍.
         (문득 지인을 쳐다보며) 제가 괜한 말들 한 건
         아니죠?
팽지인   아니에요. 저도 알아야죠, 제 일인데.

사이.

강수혜   … 웹 개편안 좋았는데…
팽지인   네…?
강수혜   저는 이만 움직일게요. 이게 다 잡무 같아도,
         처리할 일이 한둘이 아니에요.
팽지인   네, 고생 많으세요. 날도 아직 추운데.
강수혜   아직 겨울인걸요.
팽지인   풀릴 만도 한데 말이죠.
강수혜   시간 가면, 어련히 풀리겠죠. 들어가서
         기다리세요, 추우실 텐데.
팽지인   네.

수혜, 사라진다.
지인, 사무실로 들어갈까 말까 고민하며 잠시 서 있다.
핸드폰 문자메시지 알림 소리. 문자를 확인하는 지인.

팽지인   (한숨) 정말…

지인, 사무실로 이동한다.

암전.

2장

남건, 열심히 문자메시지를 보내고 있다.
샘이, 가방을 들고 나온다.

장샘이   어휴 기운 좀 차리세요. 자꾸 이렇게 늘어져
           계시면 어떡해요.
김남건   남이사.
장샘이   팀장님!
김남건   어젠 정말 한숨 못 잤다니까.
장샘이   밤새 드신 거예요?
김남건   응.
장샘이   박 선생님은 괜찮으시고요?
김남건   글쎄. 잘 들어갔겠지.
장샘이   네?
김남건   그 녀석 회귀본능이 좋다고.
장샘이   올 때 뭐라도 사다 드릴까요?
김남건   괜찮습니다.

샘이, 나가려다가

장샘이   팀장님 요즘 좀 실망이에요. 진짜로. 계속
           이러시면, 저도 어떡해야 할지 되게
           혼란스럽다구요.
김남건   …

지인, 들어오지만, 잠시 주춤거리고 서 있다.

팽지인   안녕하세요.

장샘이   (어색하게 인사하곤, 남건에게) 그럼 다녀옵니다.

샘이, 사라진다.
사이.

김남건   … 날이 아직 춥죠?

팽지인   그렇네요.

김남건   옷 든든히 껴입고 다녀야겠어요.

팽지인   네.

김남건   영하 7.8도래던가… (실없이 웃는다.) 안에 있어도 춥네요. 술이 깨버렸나.

팽지인   술 냄새가 여기까지 나네요.

김남건   (아랑곳없이) 하하.

팽지인   어젠 또 얼마나 드셨길래.

김남건   해 뜨는 거 봤죠.

사이.
남건, 지인의 SNS에 '좋아요'를 누른다.
지인, 휴대폰을 확인하나 별말 없다.

김남건   너무 좋아요, 사진들이 다.

팽지인   그만하시죠.

김남건   헤헤.

팽지인   일을 하세요. 자꾸 이상한 데다 시간 쓰지 말고.

김남건   웹디자인 시안 좋더라고요.

팽지인	네, 알고 있어요.
김남건	역시. 근데… 자꾸 그런 생각이 드는 거예요. 돼지 목에 진주 목걸이?
팽지인	네? 지금 뭐하시는 거예요?
김남건	아뇨. 그러니까. 제 얘기예요 이건. 화난 겁니까? 이거 드실래요? (주섬주섬 주머니에서 무언가를 꺼낸다.)
팽지인	?
김남건	박하사탕. 아까 눈 떴는데 주머니에 이게 잔뜩 들었더라구요.
팽지인	도대체.
김남건	화 푸세요. 안 받아주실 겁니까, 이 화해의 제스처?
팽지인	됐어요. 맨날 뭘 그렇게 준다고 그러세요.
김남건	이거 진심이라구요.
팽지인	어른답게 행동하세요. 지금 잘 참고 있으니까.
김남건	어른답게… 그러게요. 나이는 벌써 다 먹어버렸는데, 이제 어떻게 또 더 어른이 되지? (화제를 바꾸며) 지금 아프리카는 찌는 듯이 덥겠죠? 아프리카는 지금 여름이래잖아요. 흐. 죽기 전에 한번 가봐야 할 텐데…
팽지인	…

사이.

| 김남건 | 어젠요… 진화론 얘길 나눴어요. 원래 별 얘길 다 하거든요? 박용우랑. 다 우연이잖아요, 진화라는 거. 어느 날 사고 친 유전자가 우연히 |

	살아남고, 또 우연히 살아남고. 그 문제적
	유전자가 지금은 이렇게 사람 꼴을 하고 있고…
	갑자기 그러더라고요. 지금까지 나타나고
	사라진 모든 생물들의 족보를 한번 접어서 리셋.
	다시 좍 피면 전혀 다른 생물들, 전혀 다른
	우연들일 텐데, 그런 생각해본 적 없냐고.
	그러면서 하는 말이, '신이 주사위를 던졌나' …
	젠장, 잔뜩 폼 잡으면서. 멍청한 놈.
팽지인	…
김남건	결론이 가관이에요. 우린 엄청난 확률 위에 있는
	사람들이래요. 그 확률 값을 해야 한다는 거죠.
	뭘 해야 할진 모르겠지만, 쓰잘데기 없는
	도덕이나 지식, 이런 거 다 때려치우고 이 세상의
	모든 가능성에 치받으면서, 하고 싶은 대로
	살아야만 한다. 새로운 우연을 만나려면 제
	멋대로 사는 수밖에 없다. 백 년이든 이백 년
	뒤든, 이 문제적 유전자가 살아남으려면 그렇게,
	제멋대로. 또 다른 우연을 쟁취해내야만 한다.
	웃기죠?
팽지인	뭐가 웃겨요?
김남건	아니… 그래서 어쩌라고? 대책이 없잖아요,
	대책이. 그러니 잡종 철학이지.
팽지인	…
김남건	그래도 그 말은 마음에 들더라구요.
팽지인	무슨 말이요?

남건, 주춤주춤 소파 위로 올라간다.

김남건   겨울에 한강 다리 가본 적 있어요? 칼바람이
불고, 옆으론 차들이 쌩쌩 달려가요. 밑으론 물이
시커멓게 흘러가는데 가로등 불빛은 조용해요.
혼자 생각했어요. 내가 할 수 있는 말이 없구나.
나오는 말들은 다 뻔한 말들이고. 예전처럼
날카롭게 세상을 보고 있나? 그것도 아니다.
어떤 신념? '맞다' '틀리다', 내 속에도 확신이
있었는데, 이젠 누구한테 말할 수도 없구나.
너무너무 답답해서, 다짐하고 또 다짐했어요.
내일부턴 아무 생각도 하지 말아야지. 아무
표정도 짓지 말고, 아무것도 듣지 말아야지. 누굴
사랑하지도, 누굴 미워하지도 말아야지.
그런데요, 그때 저편 가로등 밑에 누군가
기다리고 있으면 좋겠다는 생각이 드는 거예요.
그 사람과 만나고, 부딪히고, 토해내고. 난 그게
누가 되어야 할까 생각했습니다.

짧은 사이.
지인의 휴대폰이 울린다.

팽지인   어, 오빠. (남건을 의식하고 자세를 고치며) 네, 무슨
일이세요? 아, 그래요? 언제쯤? 네. 네, 그래요.
잘되면 저도 좋죠. 사무실이에요, 기다릴게요.
아니요. 그런 거 아니야. 아니라니깐요. (살짝
구석으로) 사무실이에요. 있다가 얘기해요. 네.
그래요. 연락해요. (전화를 끊는다.)

김남건   … 상냥하네요. 나한테도 그렇게,

팽지인   팀장님?!

김남건	왜요? 내가 당신한테 잘해주고 싶고, 당신도 나한테 잘해주었으면 하면 안 되나요? 대체 내가 무슨 말을 할 수 있는 거죠? 이래갖고, 서로를 어떻게 알아가죠? 어떻게 만날 수 있겠어요? 왜 이렇게 복잡하고, 조심해야 할 게 많죠?
팽지인	팀장님 같은 사람 때문에 조심해야 하는 거예요. 어떻게 '시대' 기자라는 사람이… 이러니까 여기가 망하고 있는 거예요. 아니 이미 망한 거나 다름없지.
김남건	…
팽지인	…
김남건	맞네요. 내가 일해온 건, 내가 믿어온 건 대체 뭐지. 나는 뭐지. 내가 끝나가고 있는 것 같아요. 술을 마시지 않으면 잠을 잘 수가 없어요.
팽지인	그러니 뒤죽박죽인 거예요. 그러니까 일도 안 되는 거구요.
김남건	지금 그게 중요한 게 아니잖아요.
팽지인	그럼 뭐가 중요한 건데요?

사이.

김남건	그냥 누가 좀 알아줬으면 좋겠어요. 그럼 조금은 위로가 될 것 같아요. 난 그냥, 당신이 이걸 알아줬으면 좋겠어요.
팽지인	그게 왜 저죠?
김남건	… 진짜니까요.
팽지인	…
김남건	진짜라고요, 당신은. 지금은 길을 잃었을 뿐이죠.

팽지인	뭐라고 더 할 말이 없네요. 전 좀 나갔다 와야겠어요. (나가려 한다.)
김남건	당신이 안타까워요! 당신 인생이 좀먹히고 있다구요! 편집장 때문에, 당신이 소모되고 있다구요. 그런 생각 안 해봤어요?
팽지인	(나가려다 멈춘다.) 아뇨. 그걸 어떻게 알죠? 편집장님이 나 때문에 소모되고 있는 건지도 모르잖아요.
김남건	…
팽지인	그렇게 팀장님 멋대로 믿고 싶은 대로 보지 않으셨으면 좋겠네요. 전 제가 선택한 대로 살고 있으니까. 일이든 사랑이든. 아시겠어요?
김남건	…
팽지인	알겠냐구요?
김남건	그래요.
팽지인	…
김남건	그래요.

사이.
형래, 들어온다.

조형래	아, 언제 오셨어요?
팽지인	…
조형래	오늘 디자인 회의 취소됐다고 하던데.
팽지인	네… 지금 막 나가려던 참이에요.
조형래	그러게… 속상하겠어요.
팽지인	네?
조형래	아니 뭐 다 나가리니까.

팽지인	무슨…?
조형래	웹 개편안이며 어플 개발 건까지…
팽지인	… 언제 결정된 거죠?
조형래	며칠 됐죠. 그때 출판사 회의 다녀오시면서…
	허허, 아직 못 들으셨구나? 시안 참 좋았는데,
	아깝네요. 감각 좋던데. 센스쟁이. 칼라 지면도
	날아가고 참…
김남건	다 사라지는 거네요.
조형래	음. 뭐 하던 대로 하는 거지. 아쉽네, 아쉬워.

지인, 나간다.

조형래	우리도 이제 좀 잘나가나 싶었는데 그것도
	아닌가봐… (사이) 이거 먹어도 되지? 입도
	텁텁했는데, 잘됐다.

형래, 박하사탕을 들고 들어간다. 남건, 우두커니 서 있다.
사무실 건물 밖.
용우, 빈 담뱃갑을 들여다보며 서 있고,
지인, 사무실을 나오던 중 그와 마주친다.
남건, 무언가 작정한 듯 사무실 밖으로 나간다.
길에서 용우, 지인, 남건이 만난다.

암전.

3장

어느 술집. 남건, 용우, 지인, 그리고 수혜.
남건은 얼큰하게 취해 있다.

김남건   아무것도 안 했는데 벌써 그렇잖아요.
        아니, 사실 생각해보면 아무것도 안 한 건
        아니지. (수혜에게) 그렇죠?

강수혜   또 뭐가 자꾸 그렇죠야?

김남건   피— 다들 알면서 모른 척. 겁쟁이들.

박용우   그래, 인마. 여기 다 겁쟁이고 치사하고,
        알겠으니까 그만 좀 해.

김남건   아. 그래.

박용우   이 녀석 정말.

강수혜   아니, 대체 난 여기 왜 끌고 온 거야.

김남건   헤헤.

강수혜   너무해 정말, 이게 무슨 중요한 미팅이라고.

김남건   미팅이죠, 남녀 2대 2. 완전 중요한 미팅. 아,
        대학 다닐 때 나 진짜 숱하게 차였는데. 애들이
        몰라도 너무 몰랐지. 안 그러냐?

박용우   분별력들이 있었지.

김남건   뭐?

강수혜   더 있다간 또 무슨 꼴을 볼지 모르겠네, 얼른
        일어나야지.

김남건   에에, 강 쌤! 가지 마요. 한잔만. (술을 따르며) 딱
        한잔만, 응?

강수혜	참. 뭐라고 좀 해줘요.
박용우	오늘 남건이가 다 쏜다니까 그것만 드시고 가세요. 어제 저한테 잘못한 것도 있고. 암튼 잘못한 거 많다니까, 디자이너 님도 많이 드세요.
팽지인	네, 많이 드세요.
김남건	많이 드세요.
박용우	근데 아무리 회의가 취소됐어도, 지금 근무 시간 아냐, 김 팀장?
김남건	알게 뭐야. 우리 믿음직한 조 선배도 있고, 쌤도 있고. 수혜 쌤! 여기 있고. 시대!
강수혜	비. 평. 너무 오래 다녔어.
김남건	(짐짓) 아무리 그래도, 어떻게 이것도 안 마시냐. 요 정돈 괜찮잖아요, 응?
강수혜	으이구. 알았어요, 알았어. … 자 짠할까요?

수혜, 지인을 시작으로, 사람들과 건배 후 술잔을 비운다.

김남건	와… (배시시 웃으며, 손뼉을 친다.)
박용우	너 이제 좀 천천히 마셔라.
김남건	에이 짜식, 또 젠체하기는.
박용우	또 덤탱이 씌우고 튀쳐나갈까 봐 그런다.
김남건	야, 나 어제 안 취했어! 내가 어딜 간 줄 알아? 겨울에 한강 다리.
박용우	안 궁금해. 내가 이 나일 먹고도 너 뒤치다꺼릴 해야겠냐? 술도 못 마시는 게.
팽지인	선생님 주량이 정말 대단하신가 봐요.
박용우	아니에요.
김남건	이 친구 이거, '술 그 자체'라고 보시면 돼요.

술의 알코올. 전에 학보사 선배들이랑 술
마시는데, 선배들 죄다 널브러뜨려놓고 이놈
혼자 떡 버티고 앉아선 술을 마시고 있는 거예요.
그러곤 그대로 그냥 2박 3일을 쭉. 전설이에요,
전설.

강수혜　　술 전설이 무슨 소용이야.

박용우　　이젠 어림도 없어요.

강수혜　　하여튼 남자들 괜한 걸로 앞서거니 뒤서거니,
　　　　　우스운 데가 있어요.

팽지인　　그러게요.

박용우　　다 옛날 얘긴데요, 뭐.

김남건　　그때가 좋았지.

팽지인　　그렇게 술 드시면 누구 만날 시간도
　　　　　없으시겠어요.

박용우　　요즘엔 사실 누구 만날 생각도 없고.

김남건　　에이, 이 자식 이거 순 바람둥이예요, 여자 엄청
　　　　　좋아해. 딱 그렇게 생겼죠, 강 쌤?

강수혜　　음.

김남건　　거 봐. 근데, 이젠 다 늙어버려선, 제로예요, 제로.
　　　　　이렇게 끝나버릴 줄 몰랐지, 뭐 결혼도 못 하고.

박용우　　에이 자식 정말.

팽지인　　그래도 아직 매력 있으신 걸요. 누구 만나는
　　　　　사람은 있으시겠죠.

박용우　　없어요, 만나는 사람. 시간도 없고.

김남건　　웃기시네.

팽지인　　눈이 꽤 높으신가 봐요.

김남건　　딩동댕. 눈이 너무 높아요. 적어도 우리 디자이너
　　　　　님 정도? 안 그럼 쳐다보지도 않는다니까요. 지

처지도 모르고 자식…

팽지인 팀장님.

김남건 죄송합니다. 제가 또 실수한 거죠. 왜 나는 뭐만
　　　　하면 이렇게 미끄러지지? 정말 내가 일부러
　　　　그러는 게 아닌데.

팽지인 …

김남건 근데 이건 정말 그냥 그렇단 얘기예요.

박용우 선생님하곤, 이런 자리 흔치 않았죠? 술 별로 안
　　　　좋아하시나 봐요.

강수혜 안 좋아할 것도 없죠.

김남건 그런데 왜 그렇게 빼요, 맨날?

강수혜 빼긴.

김남건 말도 없고.

강수혜 별로 구구절절 얘기할 게 없다 뿐이에요.

김남건 음… 그래도 좋죠? 오니까, 오길 잘했죠?

강수혜 네, 좋네요.

김남건 으— 딱딱해, 딱딱해.

강수혜 (미소 짓는다.)

김남건 쌤은 그냥 맨날 회사, 집, 회사, 집, 술자리도 안
　　　　가고. 아마 우리 말곤 만나는 친구도 없을 거야.

강수혜 좀만 더 지나 봐요, 사람 얽히는 것도 피곤해져.

팽지인 그래도 심심하지 않으세요?

강수혜 심심하긴.

김남건 에이, 벌써 늙은이야 뭐야.

강수혜 아냐, 난 정말 편해. 이제 내가 할 수 있는 일,
　　　　해야 할 일도 보이고.

김남건 강 쌤, 결혼 다시 해야죠. 뭐가 너무 없잖아요.

강수혜 김 팀장은 다시 결혼이 하고 싶어? 난 지금이

편해. 정말이야. 주변이 조용하니까, 무슨 일이
생길지 조마조마할 일도 없고 좋은 걸. 이제
누가 날 미친 듯 따라다니지도, 미친 듯 도망
다니지도 않을 거고, 나도 그렇고.

김남건　그게 뭐야. 다 외롭잖아? 다들 외롭지 않아요?
거짓말만 하고. 치—. 다 마셔요. 술이나
마시자고. (수혜에게 술을 따라준다.)

강수혜　난 그만.

김남건　한 잔만 해요, 강 쌤 응? 나 좀 생각해줘요. (술을
마저 따른다.)

강수혜　김남건, 진짜 최악인 거 알지?

김남건　흐흐 자,

강수혜　너무 싫어.

모두 마신다.

박용우　난, 강 선생님 얘기도 맞는 것 같은데.

김남건　응?

박용우　그렇잖아. 가끔 잡아먹히는 느낌 들 때 있어요.
내가 오롯이 서 있으면 좋겠는데, 다른 사람은
날 어떻게 보나, 무슨 말을 하나. 그러지
않으려고 해도 귀 기울이고, 신경 쓰고… 내가
만족하면 되는 건데.

팽지인　요즘 세상에, 그게 쉬운 가요, 어디.

박용우　그러게요. 서로 먹고, 먹히고. 모두가 모두의 적.

강수혜　음.

팽지인　왜 그런 것 같으세요?

박용우　… 그걸 알면 제가 이러고 있지 않죠. 하하.

사이.

| 김남건 | 질문! |

모두 남건을 바라본다.

김남건	흐흐, 질문 있습니다. 다들, 어쩌다, 여기 계십니까?
박용우	응?
강수혜	아니 나는 곱게 집에 가고 있는데 나를 붙들고, 무슨 중요한…
김남건	아니, 지금 하는 일들 말이야. 꿈들이 뭐였어요? 넌 뭐였어?
박용우	글쎄.
김남건	그런 생각 안 들어?
박용우	무슨 생각?
김남건	이젠 돌이킬 수 없는 기분.
박용우	…
김남건	요즘 자꾸 그런 기분이 든단 말이야. 난 대학 졸업하곤, 한 일 년 집에서 놀았나 봐. 첨엔 그냥 그런가 보다 했어요. 이러고 있다 보면 뭐 어떻게든 되겠지 했다고. 그러다 집에 처박혀선, 시간은 흘러가는데 와― 미치겠더라고. 뭔가 쓸모없는 사람이 된 것 같고, 마음만 자꾸 다급해지는 거지. 그런데 선배들이 잡지를 낸다는 거예요. 새로운 담론 어쩌고저쩌고, 기자, 글쟁이 그런 건 생각도 안 해봤는데. 그 뒤론 정말 그것밖에 생각이 안 나는 거예요. 그리고

덜컥 발 들여놓고 나니깐 이건 뭐, 선배들이라고
뭐 알았겠어? 같이들 맨땅에 들이받아가면서
만들어가는 거지. 정신없었어요, 정말. 그래도
무언가 하고 있다, 나도 뭔가 해내고 있다. 기분
진짜 째졌지. 그땐 그게 그냥 순서 같았는데,
근데 뭐 이렇게 가면 되나 생각해볼 틈도 없이
그냥 인생이 막 몰아쳐대는 거야. 정신 차려보니
다들 떠나가 버리고, 나만 여기 이러고, 그냥.

강수혜　　뭐가 그냥인데?

김남건　　그냥요… 다들 어디론가 나아가고 있는 걸, 근데
난 그냥 손에서 다 빠져나가는 것 같아. 내가 뭘
놓친 거지? 이제 나는 뭐지? (짧은 사이) 그냥 다른
것도 있지 않았을까? 다른 일도 좀 해보고, 다른
사람도 좀 만나보고….

강수혜　　결국 여자 얘기야?

김남건　　그런 거 아니에요. 그냥, 있잖아요, 만약이라는
거. 만약 그때『시대비평』에 들어오지 않았다면,
몇 년 전에 출판사 이직 기회 있을 때 갔더라면.

박용우　　그게 무슨 소용이야.

김남건　　그래도 그런 거 있잖아. 만나봐야 아는 거잖아요,
일이든 사람이든. 그런데 언제? 어떻게? 어떤
순서로? 시간은 막 흘러가는데, 나는 늙고
보잘것없어지는데, 난 도대체 어떤 확률 위에
있는 거야? 이게 무슨 카드놀이도 아니고, 이럼
안 되잖아요. 인생이 이럼 안 되는 거잖아. 안
그래? 왜 다들 모른 척해? 나만 그런 거
아니잖아?

사이.

김남건   차라리 몰랐으면 좋았을걸.

옆자리의 취성과 술집의 음악소리 들려온다.
다들 잠시 말이 없다.

강수혜   울어?
김남건   아뇨…
박용우   너 괜찮아?
김남건   괜찮아.
강수혜   (용우에게) 울었어.
김남건   아니에요.
강수혜   (지인에게) 울었어요.
김남건   우는 거 아니라니까… 나 운 거 아니에요. … 아,
                   이제 일하러 가야겠다.
박용우   일은 무슨 일이야, 다 늦은 시간에.
김남건   나, 가야 해. 쌤이 나보고 실망이래.
박용우   무슨 소리야.
강수혜   벌써 이렇게 됐네.

남건, 말없이 일어난다.

강수혜   나도 같이 가.
김남건   역시 나 챙겨주는 건 우리 수혜 쌤밖에 없다니까.
                   사랑해요.
강수혜   시끄러워요. 못난이 같으니.

수혜와 남건, 퇴장한다.

용우와 지인, 잠시 말이 없다.

박용우   가버렸네요.

팽지인   그러게요.

박용우   어제도 계산 안 하고 저러고 가더니. … 마신 김에, 조금 더 마실까요?

팽지인   … 그럴까요?

서로 술을 따라준다. 건배.

문자메시지 수신 소리. 지인, 휴대폰을 본다. 다시 넣는다.

박용우   다 늦게 사춘긴가 봐요. 좋은 놈인데.

팽지인   … (짧은 사이) 어? 어떻게 아셨어요?

박용우   뭘요?

팽지인   아니에요.

박용우   인스타에 온통 남건이 녀석이던걸요? '좋아요'에, 댓글에, 잔뜩. 하하.

팽지인   네, 요즘엔 정말…

박용우   덕분에 저도 몇 개 봤어요, 지인 씨 글. 기억해뒀었는데…

팽지인   아, 정말요? 어떤 거요?

박용우   "세상이 이렇게 되어가는 건 강도나 화재 같은 게 아니라 질투나, 증오, 비웃음 같은 사소한 것 때문이다."

팽지인   아…

박용우   댓글엔 남건 왈, "쓸데없는 철학하지 말고 당신 인생을 사세요." 그래놓고 '좋아요'는 뭐람.

팽지인	참. '싫어요'도 있어야 하는 건데.
박용우	미안해요.
팽지인	선생님이 왜요?
박용우	친구, 라서요. 하여튼 저 녀석도 반성 좀 해야 돼요.
팽지인	… 네. (사이) 아, 저도 들은 말 있어요.
박용우	…?
팽지인	우리는 엄청난 확률 위에 있는 사람들이다.
박용우	아, 하하. 부끄럽네요. 이거.
팽지인	아니에요, 맘에 들었는걸요.
박용우	뭐가요?
팽지인	그냥, 어디든 여기가 아닌 곳에 가 있을 수도 있을 것 같잖아요. 뭐든 가능성이 열려 있는 것만 같고.
박용우	그렇게 생각하시는 것 같진 않네요.
팽지인	그런 위로라도 있어야죠.

서로 술을 따른다. 건배.

팽지인	… 뭔가 많이 익숙해진 것 같아요.
박용우	뭐가요?
팽지인	요즘 자주 뵀잖아요.
박용우	네… 어찌 됐건 자주 들르다 보니까. 좋아하거든요.
팽지인	누굴요?
박용우	『시대비평』이요.
팽지인	네에.
박용우	솔직히 재민 없어도, 뭔가 찾아가려는 몸부림이

느껴지는 곳이랄까요. 정확히 말하면, 느껴졌던 곳이겠지만. 그래도 그런 곳이 한 군데 정도 있는 것도 괜찮지 않아요?

팽지인 그쵸. 또 모르죠. 그렇게 몸부림치다 보면…
선생님도 어서 글 쓰시게 되면 좋을 텐데.

박용우 이미 물 건너간걸요.

팽지인 …

박용우 저도 바보는 아니니까 보면 알죠. 신경 안 써요,
이제. 글 쓸 곳이 여기만 있는 것도 아니고.

팽지인 그런데, 요새도 계속 오시잖아요.

박용우 (짐짓 정색하며) 지인 씨 보려고요. (사이) 하하하.
농담이에요.

팽지인 네에.

박용우 네.

용우, 지인에게 술을 따라준다. 건배.

박용우 근데, 그리고 보니 나이가…?

팽지인 어떻게 보이는데요?

박용우 글쎄요. 스물, 일곱? 여덟?

팽지인 하하하. 거짓말하지 마세요.

박용우 어, 아니에요?

팽지인 모르는 척하지 마시고요.

박용우 정말인데, 너무 어려 보여요.

팽지인 에이, 저 서른셋이에요.

박용우 그렇구나. 어휴—

팽지인 왜요?

박용우 저 그때 정말 힘들었거든요. 나이는 좀 먹은

것도 같은데 뵈는 것 없이 깜깜한 게. 그러고 보니 전공도 그때 바꼈구나. 지인 씬, 디자인 전공?

팽지인	천문학요.
박용우	예?
팽지인	왜요?
박용우	아뇨, 아뇨.
팽지인	근데, 정작 공부는 안 하고 틀어박혀서 그림만 그렸어요. 별 보는 게 좋아서 들어갔는데 막상 배우는 것도 생각했던 거랑은 다르고. 환상을 걷어내고 나니까 거기 숫자만 남더라고요. 그렇게 해서 졸업할 때까지 딴짓만 열심히…
박용우	(지인에게 술을 따르며) 그럼, 이쪽 일은 어떻게 시작하게 된 거예요?
팽지인	어쩌다보니. 잠깐잠깐 아르바이트했었어요. 그러다가 편집장님도 만나고.

지인, 술잔을 들이킨다.

박용우	음…, 아쉽지 않아요, 그림?
팽지인	아뇨, 디자인도 하고 있고… 그리는 건, 딱히 잘하는 것도 아니었어요. 좋아한다는 건 사실 별로 중요하지 않은 것 같아요. 뭘 잘할 수 있느냐가 중요하지. 우리 한잔 마실까요? (술을 따라준다.)
박용우	근데 너무 빨리 마시는 거 아니에요? (웃으며, 건배) … 천천히 드세요. 달리는 건 제가 할 테니까.

| 팽지인 | 그러다 먼저 취하시는 거 아니에요? |
| 박용우 | 하하. 그럴 리가요, 절대 절대 그럴 리 없어요. |

용우, 제 잔을 채운다.

팽지인	선생님은요?
박용우	네?
팽지인	궁금해요, 적지 않은 나이에 전공 바꾸셨단 얘기도 그렇고. 과학철학은 어떻게 하시게 된 거예요?
박용우	별을 좋아해서요.
팽지인	별을 좋아해서요?
박용우	네. 아버지가 일찍 돌아가셔서 기억이 거의 없는데, 국민학교 땐가 같이 밤낚시 간 건 또렷하거든요. 아버진 막 낚아 올리시고 난 하나도 못 잡고. 괜히 심통 나죠. 하하. 그러고 있는데 아버지가 낚시댈 놓곤 담밸 피우시며 밤하늘을 올려다보면서 그러시는 거예요. 저 별들이 다 니 할아버지라고. 할아버지와 할아버지의 할아버지, 할아버지의 할아버지들이 모두 저 위에서 지금 너랑 나 보고 있다고. 와… 새까만 하늘이 온통 하얀 별들로 가득한데, 그렇게 셀 수도 없이 많은 눈들이 날 내려다보고 있다고 생각하니까, 뭔가 정말 말할 수 없는 기분이었어요. 저 많은 사람들은 어디로 간 걸까. 왜 저기서 저렇게 빛나고 있을까. 저 거대한 우주, 여기 날 둘러싸고 있는 이 세상엔 어떤 비밀이 있는 걸까…. 그냥 그 별들을 계속 믿을

	수 있으면 얼마나 좋았을까요? 가짜래도 그냥 믿고 싶은 게 있는 건데. 진짜를 찾으러 갔다가 가짜가 된 것 같은 그런 기분. 말이 좀 길죠?
팽지인	예, 좀 기네요. 잘 듣고 있어요. 계속하세요.
박용우	그래요? 하하. 어쨌든 물리학이란 게, 결국엔 제가 정말 궁금해하는 거엔 답을 주지 못하더라고요. 따지고 보면 철학도 마찬가지긴 하지만.
팽지인	정말 궁금한 게 뭐였는데요?
박용우	글쎄요.
팽지인	그래도 용기 있으시네요. 계속, 찾아가는 거…
박용우	대단한 것도 아니고, 뭘.
팽지인	왜요, 대단하죠.
박용우	글쎄요. 결국 다른 사람 죽은 말들이나 지루하게 되풀이하면서 강의하고, 글 쓰고. 그런 거 정말 싫었는데, 어느새 내가 그러고 있더라고요.
팽지인	음…
박용우	근데 이젠 뭐 그것도 괜찮아요.
팽지인	왜요?
박용우	제가 그냥 보통 속물이란 걸 알았거든요. 그걸 아는데 벌써 사십 년 남짓이네… 나이만 먹었어요. 가짜란 걸 알기까지.
팽지인	그렇게 늦은 것도 아닌 것 같은데. (사이) 진짜가 뭔지 누가 알겠어요. 진짜는 하나도 중요하지 않아요. 사람들이 알고 싶어 하지도 않고. 그냥 보이는 게 진짜죠. 자꾸 진짜가 어디에 있다, 진짜 나를 찾아야 한다, 이런 말 때문에 오히려 불행해지는 거예요.

박용우	그럼 지인 씨는 지금 이대로 괜찮아요?
팽지인	네.
박용우	정말요? 아무것도 찾고 있는 게 없어요?
팽지인	네.
박용우	좋겠네요. 정말 그렇다면.
팽지인	예, 정말 그래요.
박용우	그렇게 살지 마요.
팽지인	네?
박용우	포기하지 말라고요. 할 수 있어요. 내가 보장할게요.
팽지인	전 포기한 거 없어요.
박용우	젠장, 할 수 있다니까요!
팽지인	왜 화를 내세요?
박용우	아니, 화를 내는 게 아니고.

사이.

팽지인	왜 그런 말을 하세요?
박용우	행복해 보이지 않으니까요.
팽지인	전 행복해요.
박용우	거짓말.
팽지인	왜 거짓말이라고 생각해요?
박용우	우린 비슷한 사람이니까요.
팽지인	제가 어떤 사람 같은데요?
박용우	가짜. 뛰어들지도 못하는. 누굴 좋아하지도 사랑하지도 못하는.

휴대폰을 꺼내어 지인에게 내민다.

팽지인	… 네?
박용우	번호요. 우리 가짜들끼리.
팽지인	… 네, 뭐. (번호를 찍어 돌려준다.)

용우, 휴대폰을 만지다가, 지인의 사진을 찍는다. 지인,
당황한다.

팽지인	…
박용우	자요. (지인을 향해 포즈를 취한다.)
팽지인	네?
박용우	난 저장할 때 사진이랑 같이 하는데…
팽지인	아, 네… (사진을 찍는다.)

용우, 술이 꽤나 오른 듯.

팽지인	괜찮으세요?
박용우	괜찮아요. 멀쩡해요.
팽지인	이제 그만 일어나죠. 너무 취하신 것 같은데…
박용우	뛰어들어 봐요.
팽지인	네?
박용우	착한 척, 만족하는 척, 굴지 말라구요. 말들이 다 다른 곳을 가리키고 있잖아요.

지인, 답이 없다.

| 박용우 | 만족하는 척하면 편하죠. 왜 모르겠어요. 그게 맞는 건지도 모르죠. 그런데요, 그걸 아는 데도, |

멈출 수가 없어요. 아무것도 보지 않고 아무것도 듣지 않고 아무것도 생각하지 않으려 하는데도, 내 눈은 뭔가에 향하고 귀는 뭔갈 담고 머리는 뭔가 좇죠. 당신같이 아름다운 사람을 보면 볼 수밖에 없고, 어떤 말들을 들으려 하고, 또 생각해요. 맹렬하게 무엇이 되고 싶어 하고, 그것이 됐다 싶으면 또 무엇이 되어야 할 게 남아 있어요. 근데, 정신 차려보니 벌써 나는 늙어버린 거예요. 사람들은 그렇게 그냥 사는 거라고 하는데, 그럴 순 없잖아요. 안 그래요? 물어보지도 않고 지레 행복하다고 생각해버리고. 웃기지도 않은 희망을 덧칠하고. 영리한 척…. 아, 어떡하죠? 언제쯤 멈출 수 있을까요?

용우, 술에 취해 잠들어버린다.

팽지인   그럴 리 없다더니….

사이.

팽지인   그러게요. 뭔가 그냥 흘러가버리는 것 같아요. 무기력하죠. (사이) 그래도…

지인, 잠든 용우를 물끄러미 바라보다간, 문득 (용우) 머리에 손을 가져다 대보려 한다.

암전.

3막

1장

저녁, 사무실.
피곤한 기색의 샘이, 이어폰을 귀에 꽂은 채 화분을 들고 들어온다.
아무도 없는 사무실. 테이블에 화분을 놓아두고, 이어폰을 빼고 음악을 더 크게 듣는다.

사이.

눈을 감은 채 꺼지듯 눌러앉는다.
지인, 들어온다.

팽지인   여태 남아 있었네요.

장샘이   아, 네… (자리를 고쳐 앉으며) 인터뷰가 생각보다 길어져서요.

팽지인   아——

샘이, 휴대폰 음악을 끄고, 어질러진 서류들을 정리한다.

팽지인   편하게 있어도 돼요. 좋던데요?

장샘이   네.

팽지인   자주 이렇게 남아 있나 봐요?

장샘이   네, 남은 일들 처리하다보면…. 디자이너님은 어쩐 일이세요?

팽지인   편집장님 만나기로 했는데, 미팅이 길어지나

보네요.

어색한 침묵.

지인도 일거리를 꺼낸다.
지인은 일을 시작하고, 샘이는 연신 흘깃거린다.

장샘이   저도 좀 봐도 돼요?

팽지인   예?

장샘이   디자인 작업하시는 거 아니에요?

팽지인   아 그럼요, 그럼요.

장샘이   우리 웹디자인 시안 너무 좋았는데…

팽지인   그래요?

장샘이   예. 보고 좀, 놀랐어요.

지인, 샘이에게 작업한 것을 보여준다.

팽지인   이건 우리 이번 표지 시안.

장샘이   우리 잡지 아닌 거 같아요. 진짜 예쁘네…

팽지인   그래요?

장샘이   진짜 예쁘네.

팽지인   예?

장샘이   아니에요.

팽지인   ?

장샘이   그동안 너무 칙칙했잖아요. 나라도 안 보겠다.

팽지인   다행이네. 웹 개편도, 칼라 지면도 없어졌고.
          표지만이라도 좀 신경 써보고 싶어서요.

장샘이   부러워요.

팽지인	뭐가요?
장샘이	글은 애써 읽어야 하는 건데, 디자인은 한눈에 보이니까요. 저는 아무리 해도 변하는 게 없는 것 같은데.
팽지인	에이, 그래도 편집부 일이 중요하죠. 디자인이 아무리 바뀌어도 내용이 안 좋으면 소용없지.
장샘이	내용도 별론걸요.
팽지인	별로라고요?
장샘이	좋았던 때도 있었던 것 같은데, 지금은 그렇지도 않아요. 편집위원들도 좀⋯ 의욕도 없고, 애정도 없는 것 같고, 그러면서 뭐 쓸데없는 거에 열 올리고. 방금 인터뷰한 분도 편집위원 쪽 사람인데, 끝나고 자꾸 차 한잔 더 하고 가자고 그러는 거예요.
팽지인	그래서 어떻게 했어요?
장샘이	약속 있다고 하고 빠져나왔죠 뭐.
팽지인	다행이네. 그럴 땐 약속 뭐 이러지 말고, 그냥 싫다고 딱 잘라버려요.
장샘이	여기 오신 진 꽤 됐는데 이렇게 얘기하는 건 처음이네요.
팽지인	그런가?
장샘이	예. 뭔가 얘기해보고 싶었는데, 팽디님 포스가 워낙⋯
팽지인	팽디?
장샘이	아, 그게, 아 정말. 팀장님이 맨날 그렇게 불러서 저까지 세뇌돼버렸어요.
팽지인	예.
장샘이	암튼, 좋은 분일 것 같았거든요. 제가 사람 보는

눈이 좀 있거든요. 역시 예상대로.

팽지인   …그렇지도 않아요. 속고 있는 거예요. (웃음)

장샘이   어, 그거 박 선생님…

팽지인   예?

장샘이   아니에요. (짧은 사이) 여기 와보시니까 어때요?

팽지인   뭐가요?

장샘이   '시대'요. 뭐, 새로 오셨으니까.

팽지인   음… 필요한 곳 같아요. 의미도 있고.

장샘이   에이. 그건 할 말 없을 때 하는 얘긴데.

팽지인   샘이 씨는 여기 어떻게 들어왔어요?

장샘이   예?

팽지인   그냥 궁금해서요.

장샘이   아… 좋아하거든요.

팽지인   『시대비평』?

장샘이   팀장님요.

팽지인   음—

장샘이   저 대학생 때, 우연히 여기서 나온 단행본을
         봤거든요. 근데 너무 좋았어요. 아 세상을 이렇게
         볼 수 있구나, 우리가 가야 할 방향은 이런
         방향이구나. 어쩐지 막막했거든요. 사회는 분명
         잘못된 것 같은데, 뭔가 달라져야 할 것 같은데,
         너무 복잡하고, 난 너무 작고… (짧은 사이) 여기
         오면 뭔가 바꿀 수 있을 것만 같았거든요.
         그런데, 그 단행본 기획한 사람이
         팀장님이었어요. 와— 그때 인턴으로 들어왔을
         땐 진짜 멋있었는데.

팽지인   지금은요?

장샘이   지금도, 좋죠. 근데, 그냥, 모르겠어요. 분명히

84

의미가 있었는데, 오히려 그것 때문에 더,
어려워지는?

사이.

장샘이   아, 나도 모르게 왤케 주절주절했지? 죄송해요.
팽지인   아니에요.
장샘이   그러니까 디자이너님도 많이 도와주세요.
팽지인   네— 그래요. 나도 도움이 될진 모르겠지만
               열심히 디자인할게요.
장샘이   디자이너님 디자인 진짜 좋아요.
팽지인   그래요?
장샘이   예, 정말.
팽지인   이건 다른 작업 샘플인데…
장샘이   (몇 장을 넘기며) 역시 팽디님…!

핸드폰으로 다른 시안을 본다. 넘기던 중, 두 사람, 잠시 말이
없다.

팽지인   아, 지난번에 김 팀장님이랑 강 선생님이랑
               술자리 때.
장샘이   아…
팽지인   샘이 씨도 같이 갔음 좋았을 텐데. 번호 저장할
               때 꼭 사진을 찍는대요.
장샘이   그래요?
팽지인   예. 참 재밌는 분이죠?
장샘이   예. 글도 좋아요.
팽지인   그래요?

장샘이	예. 어려운 내용도 엄청 쉽게 쓰시고, 말씀도 조곤조곤. 선생님 글을 읽고 있으면 내가 뭘 놓치고 있었는지가 분명해져요. 갑자기 시야가 확 트이는 것 같기도 하고. 정말 어른 같은?
팽지인	그러면서 아이 같은 면도 있고.
장샘이	그쵸? 왜 그 쑥스러워하면서 웃을 때 보면 진짜.
팽지인	(웃음 짓는다.)
장샘이	제가 발굴해드릴 거예요. 진짜 여기 기고하시면 참 좋을 텐데…

사이.

지인, 미소 지은 채, 샘이를 물끄러미 바라본다.

팽지인	하하하하.
장샘이	왜 그러세요?
팽지인	아니에요.
장샘이	왜요?

짧은 사이.

팽지인	샘이 씨 우리 맥주 한 캔 할까요? 혹시 방해되는 건 아니죠?
장샘이	아니에요. 전혀.
팽지인	오빠 방에 맥주 몇 개 있을…
장샘이	네?
팽지인	아.

짧은 사이.

팽지인   (애매한 웃음 띠며) 내가 가져올게요.
장샘이   아, 아뇨. 탕비실에도 있거든요.
팽지인   괜찮아, 앉아 있어요. 앉아 있어.

지인, 편집장실에서 맥주와 안주를 가져온다.

팽지인   뭐 숨기려고 한 건 아닌데.
장샘이   아…
팽지인   근데 뭐, 이런 경우도 있으니까.
장샘이   아니에요. 디자이너님한텐 디자이너님의 사정이
            있으니까.
팽지인   그래서 둘은 어떻게 돼가요?
장샘이   네?
팽지인   박 선생님이랑.
장샘이   아… 아무튼 착착 단계를 밟아나가고 있어요.
팽지인   어떤?
장샘이   있어요. 그런 게.
팽지인   그렇구나.
장샘이   근데, 좀, 어려워요. 분명 친절하고 좋은
            분인데… 잘 모르겠어요. 안 보이는 벽이 쳐져
            있는 느낌이에요. 가까워졌다 싶다가도 어느
            순간 보면 아니고.
팽지인   그렇지만, 좋은 분인 것 같아요. 보면, 겉모습은
            그럴듯한데, 사실은 별거 없는 사람들이
            대부분이잖아요. 그런 분은 아닌 것 같아요,
            선생님은.

장샘이   네, 맞아요. 정말 좋은 분 같죠? 디자이너님도
                그렇게 생각하죠?

팽지인   예.

장샘이   두 분은 어떻게 만나셨어요?

팽지인   글쎄… 그냥.

장샘이   일하다가 만난 건가?

팽지인   그런 셈이죠.

장샘이   편집장님은 어떤 점이 좋아요?

사이.

장샘이   아니, 아무래도 저는 직접 마주칠 일도 별로 없고
                해서….

팽지인   그냥, 아주 편한 관계예요. 서로가 서로에게
                원하는 것도 잘 알고, 더 욕심내지도 않고. 난
                그게 나쁘다고 보지도 않고.

장샘이   음 그럴 수도 있겠네요. 근데 저라면 막 더
                욕심내고, 더 알고 싶고 그럴 것 같은데.

팽지인   박 선생님요?

장샘이   어, 아뇨. 그런 얘기는 아니었고, 음. 아무튼
                편집장님도 어서 여기 좀 편해지시면 좋을 텐데.

팽지인   좀 너무 불청객 같죠?

장샘이   아뇨… 편집장님도, 팀장님도 서로 힘드신 것
                같아요. 참 이상하죠. 잘되려고 하는 마음은 다
                같은데.

사이.

팽지인	사람들이 다 샘이 씨 같으면 좋을 텐데.
장샘이	네?
팽지인	아뇨. 난 샘이 씨가 정말 잘됐음 좋겠다.
장샘이	예?
팽지인	그냥, 이유 없이 응원하고 싶어지는 스타일이라고 해야 하나. 정말 드물잖아요. 겉과 속이 같은 그런 사람? 어떻게 보면 단순하고.
장샘이	음, 뭔가 기분 나쁜 거 같으면서 좋네요.
팽지인	하하, 좋은 의미예요.
장샘이	에이, 디자이너님이야말로 되게 좋은 걸요. 뭔가, 저랑 통하는 게 있는 것 같아요.
팽지인	(사이. 맥주를 들며) 우리, 짠할까요?
장샘이	네. (건배하고 맥주를 마신다.)
팽지인	샘이 씨, 이런 건 어때요?
장샘이	어떤 거요?
팽지인	내가 볼 땐, 사실, 이대로 가다간, 영원히 이대로일지도 몰라요.
장샘이	네?
팽지인	글쎄… 물론 샘이 씨가 척척 단계를 밟아가고 있긴 하지만…
장샘이	…
팽지인	선생님이 혹시 누구 만나는 사람은 있는지, 아니라면 만날 생각은 있는지 정돈 내가 물어볼 수 있지 않을까?
장샘이	그럴, 까요?
팽지인	이런 문제는 확실히 해야죠. (짧은 사이) 일도 사랑도 확실히 해야지. 내 것으로 하지도 않고, 그렇다고 놓아버리는 것도 아니고. 그러다

보면…

장샘이　음… (짧은 사이) 역시. 괜찮아요. 이런 문제는, 주변 사람 말고 당사자끼리 직접 해결해야 하는 문제 같아요.

팽지인　그럴래요?

장샘이　네.

팽지인　그래요.

장샘이　아니요.

팽지인　네?

장샘이　… 오케이. 좋아요. 그 대신 어떻게 되는지 꼭 얘기해주세요.

팽지인　오케이.

장샘이　근데,

팽지인　네.

장샘이　박 선생님이랑 언제 그렇게 가까워지신 거예요?

팽지인　네? 아, 뭐 그렇게 가까운 사이는 아니고. 그냥. 가끔은 마음만으로 되지 않는 일들이 있다는 걸 아니까.

장샘이　음. 그렇구나. 고마워요, 디자이너님.

두 사람, 건배, 맥주를 비운다.

장샘이　맥주 더 가져올까요?

팽지인　그럴까요?

샘이, 맥주를 가지러 탕비실로 들어간다.

팽지인　… 잘한 건가?

편집장, 들어온다.

팽지인   왔어?
서상원   응. …갈까.
팽지인   샘이 씨랑 맥주 한잔 하고 있었어. 혹시 같이
          한잔 할래요?
서상원   괜찮아. 갈까?

사이.

팽지인   …뭐가 잘 안 풀려요?
서상원   아니야.

샘이, 나온다.

장샘이   아, 편집장님.
서상원   어. 한잔 하고 있었나?
장샘이   아, 네…
서상원   그렇군…. 내가 저번에 얘기한 건 마무리됐고?
장샘이   네? 아, 그거 아까 마무리하려고 하고
          있었는데….
서상원   아.
팽지인   마침 일하고 있었는데, 내가 맥주 한잔 하자고
          그랬어요. 편집장님 언제 오실지 몰라서.
서상원   … 그렇군요.

사이.

팽지인	샘이 씨, 먼저 들어갈래요? 난 편집장님이랑 잠깐 있다 갈게요.
장샘이	아… 네.
팽지인	내가 치울 테니까, 신경 안 써도 돼요.
장샘이	네, 죄송합니다.

샘이, 부리나케 짐을 챙겨서 인사하고 나간다.

팽지인	왜 그래. 잘 안 됐어요?
서상원	잘될 게 뭐 있나.
팽지인	…
서상원	다들 팔자가 좋다. 그치?
팽지인	…

사이.

팽지인	무슨 일 있었어?
서상원	아니, 아무 일도 없어.

사이.

서상원	당신은 일 잘하고 있던데. 디자인 좋더라.
팽지인	고마워.
서상원	뭘. 내가 잘해야 하는데…. 저녁 못 먹었지? 뭐 먹을까?
팽지인	아무거나.
서상원	배고프지?
팽지인	그냥.

서상원	오늘 날씨가 진짜 춥더라.
팽지인	그러게.
서상원	영하 7.8도라던가.
팽지인	그렇대.
서상원	체감은 더 춥대. 옷 따뜻하게 입고 다녀.
팽지인	응.

편집장의 전화가 울린다. 받지 않는다. 전화가 끊긴다.

팽지인	나가요. 밥 먹자며.
서상원	응. (사이) 여기선 잘 지내지?
팽지인	어디?
서상원	여기, 사무실에서.
팽지인	불안해.
서상원	왜?
팽지인	그냥. 뭔가 해야 할 것 같은데, 하릴없이 박물관에 있는 기분이야.
서상원	…
팽지인	눈코 뜰 새 없이 바쁠 땐 그거 되게 싫었는데, 여기 있으니까 계속 뭐랄까, 뒤처지고 있는 것 같네.
서상원	…
팽지인	뭐 분위기가 나쁜 건 아니고. 그래. 이런 데도 있을 수 있지.
서상원	사람들하고는 문제없고?
팽지인	응. 착해.
서상원	그래. 나만 잘하면 되겠네.
팽지인	왜 그러는데.

서상원	나도 박물관에 전시된 느낌이거든. 나도 다됐나 봐. 거품만 남고. 이런저런 일 남 탓하는 거 참 싫어했는데.
팽지인	…
서상원	한심하지?
팽지인	…
서상원	사람 잊히는 게 진짜 한순간이더라. 시간이 진짜 빨라.
팽지인	너무 마음 급하게 먹지 말고.
서상원	그래. 근데 마음 급하게 안 먹으면, 내가 그냥 사라져버릴 것 같아. 매일매일이 끝나고 있는 기분이야. 근데 있잖아, 그래도 내가 할 수 있는 게 있는 것 같은데, 뭐라도 해보겠다는데 아무도 정말 아무도 안 도와주는 거야. 여기도 마찬가지야.
팽지인	다 그런 건 아니잖아.
서상원	짠해. 나나 여기나. 흐름에 따라가지 못하면 이렇게 되는 거지. 출판사에서 들은 게 있긴 하지만, 그래도 달리는 동안이라도 희망을 줘야 하는 거잖아? 그게 내 일이고. 근데 있잖아. 말을 해도 안 돼. 오히려 힘든 사람들이 더하다? 배배 꼬였어. 호의를 호의로 받아들이지 못해. 다 꿈만 꾸고 있어. 이상만 높고, 그저 지들이 하는 일만 의미 있지. 다른 건 죄다 저급한 일이고. 게임은 이미 끝났는데, 그것도 모르고 그저 뛰던 대로 뛰고 있는 거야.
팽지인	…
서상원	너도 불안하겠지. 다급하겠지. 이런 데

틀어박혀서. 넌 해야 할 게 많은데. 날 다른
눈으로 보고 있을지도 모르지.

팽지인   그럴지도 모르지.

사이.

팽지인   지금 이게 현실이야. 뭔가 바뀌지 않으면 당신이
말하는 그 구질구질하게 꿈만 꾸고 있는
사람들이랑 다를 것 없게 되는 거고. 그러면서
남 탓 하는 것까지. 좀 냉정해져. 그런 거 싫다고
했잖아. 그거 징징대는 것밖에 안 돼.

지인, 일어나서 나가려 한다.

서상원   미안해.

팽지인   뭐가?

서상원   그냥, 디자인도 날아가고, 여기 온 것도 뭐…

팽지인   괜찮아. 상관없어.

서상원   상관없어?

팽지인   …응.

서상원   그래, 당신은 항상 이해해주네.

팽지인   …

서상원   이런 데 틀어박혀도 상관없고. 내가 이혼도 안
하고 이러고 있어도 상관없고.

팽지인   내가 무슨 말을 할까.

서상원   넌 왜 날 만나니?

팽지인   그냥… 편해. (짧은 사이) 가요.

서상원   그래, 배고프지. 맛있는 거 먹으러 가자. 뭐

	먹을래?
팽지인	아무거나.

사이.

서상원	사랑해.
팽지인	응. 나도 사랑해.
서상원	먼저 나가 있을래? 나, 방에서 뭣 좀 챙겨야 해서.
팽지인	알았어.

지인, 나간다.

서상원	지겹다. 지겹다.

암전.

4막

1장

『시대비평』 사무실 건물 앞.
사무실에서 나온 수혜, 자리에 선 채 생각에 잠겨 있다.
남건, 아직도 춥다는 양 웅크린 채 나타난다.

김남건	강 쌤.
강수혜	일찍 왔네, 김 팀장. 어쩐 일이래?
김남건	한 게 없으니까, 쉬는 것 같지도 않고. 아니 이젠 일찍 와도 뭐라 그러기에요?
강수혜	그건 아니고. 출근 조정이잖아, 김 팀장.
김남건	웬일이래, 오늘은 쏘아붙이지도 않고, 부드럽네. 반하겠어요.
강수혜	…
김남건	어디 가세요? 출판사?
강수혜	아니, 아까 다녀왔어. (짧은 사이) 교정 본 거 나왔던데.
김남건	1교 나왔어요? 나와버렸구만. (짧은 사이) 묘하게 기대되네요, 우리 디자이너님 솜씨도 그렇고. 여러 가지로.

짧은 사이.

김남건	강 쌤은 보셨어요? 어때요, 패션 비평? 시대 유행?

강수혜	글쎄⋯
김남건	(사무실을 올려다보며) 아직 아무도 안 왔겠네.
강수혜	팽지인 씨가 교정지 들고 와 있어. 샘이는 진작 와서 교정 보다 나갔고. 준비할 게 있다고.
김남건	아하⋯ 근데, 뭘 준비해요?
강수혜	마감 끝난 기념으로 회식하자고 했대, 편집장님이.
김남건	회식은 얼어 죽을. 마감 끝났다고 끝난 줄 아나. 교정도 안 끝났는데. 정말 아는 게 없다니까.
강수혜	할 얘기도 있다던데.
김남건	기껏해야 공치사 몇 마디 늘어놓겠죠. 그걸 또 듣고 앉아 있어야 하나. (짧은 사이) 아. 이러지 말기로 했지. 하여튼 알겠습니다.
강수혜	무슨 일 있어?
김남건	아니, 뭐. ⋯내가 누군지, 뭐하는 사람인지 통 모르겠는 거야. 세상이 온통 싸움질인데, 이젠 누구와 싸워야 하는지도 모르겠고. 누가 우리 편인지도 모르겠어. 어떻게 싸워야 할지도. 뭔가랑 실컷 싸워왔는데, 이제 내가 적이 된 기분이 드는 거야⋯ 그래서⋯ (짧은 사이) 근데 뭐, 내가 어디 갈 데가 있겠어. 그동안 파온 게 이건 걸. 그만두면 수혜 쌤이나 형래 형, 샘이 얼굴도 못 볼 것 같고. 그래도 여기 문 안 닫게 해준다는데. 꾸역꾸역 살아남아야 뭐라도 할 거 아냐. 나도 따라가보지 뭐. 거기 뭐가 있나. (짧은 사이) 왜요?
강수혜	아니, 아냐.
김남건	뭐야. 괜히 사람 무안하게. 어째 그렇게 표정이

	야릇해요, 오늘따라. 봄바람이라도 든 거 아냐?
강수혜	봄바람은 무슨. 도무지 날이 따스해져야 말이지. 요새 3월은 봄도 아닌가 봐.
김남건	그렇죠? 겨울이 참 기네요.
강수혜	음… 곧 지나가겠지. 이제. 금방 풀리겠지… 봄호 내고 나선 항상 풀리지 않았었나?

짧은 사이.

강수혜	아무튼 나 다녀올게요.
김남건	넵.

짧은 사이. 수혜, 몇 걸음 옮긴다.

김남건	강 쌤!
강수혜	(흠칫) 응?
김남건	(수혜에게 사탕을 준다.) 배신하기 없기.
강수혜	뭐?
김남건	오늘따라 정말 묘해요. 만나는 사람 생겼어?
강수혜	시끄러워요.

수혜, 퇴장한다.
남건, 사무실로 들어가려다가, 문득 주머니를 뒤져보고는 다른 방향으로 퇴장한다.
용우, 등장. 사무실로 들어간다.

2장

용우, 빈 사무실에 들어온다.

박용우   (눈치를 살피며) 다들 어디 가셨나?

용우, 주변을 살핀다.
지인, 편집실 쪽에서 나오며,

팽지인   아, 박 선생님.
박용우   아, 안녕하세요.
팽지인   오신 줄도 몰랐어요.
박용우   비어버린 줄 알았어요, 분명히 계시다고
               들었었는데. (웃음)
팽지인   다들 나갔어요, 샘이 씐 좀 전까지 같이
               있었는데. 방금 막 준비한다고 나갔네요,
               공교롭게도.
박용우   네.
팽지인   뭐 마실 거라도 갖다 드릴까요?
박용우   괜찮습니다.
팽지인   (살짝 웃음을 띠며) 요즘 자주 뵙게 되네요.
박용우   네, 파티가 있다고 친절히 알려주신 덕분에.
팽지인   선생님도 『시대비평』 사람이잖아요. 독자
               대표였던가요?
박용우   하하. 뭐 어쨌든 어쩌다 끼어버린 자리야 많긴
               했지만, 일정 전해 듣고 오자니 문득 좀

낯설던걸요. 게다가 이렇게 디자이너님만 계실
줄은…

팽지인   출간될 동안엔 저도 식구나 마찬가진걸요 뭐.

박용우   네, 그렇기도 하네요.

팽지인   좀 어색하긴 해요. 사무실에, 엄밀히 말하자면
둘뿐이네요, 손님만 둘.

사이.

팽지인   저 뭐 마실 거라도…

박용우   아니에요. 괜찮습니다.

짧은 사이.

팽지인   날이 도통 풀리질 않아요.

박용우   그러게 말이에요. 경칩이 지났는데.

팽지인   … 찌는 듯이 덥겠죠, 아프리카는?

박용우   네, 그렇겠죠. 지금은 여름일 테니까.

팽지인   사는 동안, 그런 데도 한번 가봐야 할 텐데
말이죠.

박용우   가야죠, 그럼. 가고 싶은 곳이 있다면.

팽지인   네. 엄청난 확률을 밟고 서 있는 사람들이니까.
우리는.

박용우   …

사이.

박용우   저번에 제 글들 보고 싶다고 했었죠?

팽지인	네.
박용우	사실 제가 몇 개 프린트해왔는데….
팽지인	어머, 정말요?

용우, 뭔가 주섬주섬 꺼내 지인에게 건넨다.

팽지인	(몇 개를 들쳐보다) 이건 무슨 말이에요?
박용우	어떤 거요?
팽지인	"우리는 표상을 통해 실재를 추측하나 결국 이는 알 수 없는 것이다."
박용우	아, 말이 좀 그렇죠? 철학 용어들이라. 그렇게 어렵지 않아요, 용어만 먼저 이해하면. 실재란 건 그러니까, 물질 그 자체인데, 아 이거 여전히 어렵네요.

용우, 테이블 위에 놓인 화분을 가리키며

박용우	아, 이 화분을 화분 그 자체라고 해봅시다. 그렇다면 우리는 다양한 방법을 통해 이 화분을 인식할 수 있죠. 화분의 모양, 색깔, 촉감, 화분에 대한 기억 등 마음속에 나타나는 것들을, 화분의 표상이라고 할 수 있죠. 그런데 우리 마음으로 인식되는 것들이 과연 진짜라고 할 수 있을까요? 가령 우린 지금 같은 화분을 보고 있지만, 제가 보고 있는 방향이랑, 지인 씨가 보고 있는 방향이 다르기 때문에 다른 모양을 보고 있을 거예요. 그리고 이 잎의 색이 녹색이라고 생각하지만, 사실 녹색으로 보이는 것은 잎이 다른 색들을

모두 자기 안으로 흡수하고 녹색만 받아들이지 않고 반사하고 있기 때문이죠. 또는 제가 색맹이라 당신이 보고 있는 화분과 다른 색의 화분을 보고 있을 수도 있는 거고요. 이렇듯, 여기 어떤 화분 그 자체가 있는데 우리는 우리의 감각과 기억의 한계 안에서만 화분을 파악할 수밖에 없고, 그 자체에 대해선 알 수 없다는 거죠.

팽지인 그럼… 지금 선생님이 하고 있는 말이나 행동도, 지금 선생님이 하고 있는 생각이랑 일치하지 않는다고 볼 수도 있단 얘기네요?

박용우 네… 뭐, 그런 접근도 가능하겠죠. 이렇게 얘기해볼 수 있겠네요. 우리가 다른 사람을 얼마나 이해할 수 있을까. 다른 사람의 말, 행동, 눈빛을 보고 이 사람은 이런 사람이다, 하고 판단하지만 그건 알 수 없는 거죠. 어디까지나 나의 관점 안에서 보는 타인이니까.

팽지인 …

사이.

박용우 별로 재미는 없으신가 보네요. 뭐… 한번쯤 생각해봄 직하긴 한데. 물론 처음엔 좀 어려울 수 있어요.

팽지인 아니에요, 재미있었어요.

박용우 팟캐스트해도 망하겠네.

팽지인 …

사이.

박용우   왜 그러세요?

팽지인   저번에요, 가짜라고 하셨잖아요?

박용우   네?

팽지인   누굴 좋아하지도, 사랑하지도 못한다고.

박용우   아, 제가 그런 얘기까지….

팽지인   그런데 그렇지 않은 사람은 얼마나 있죠?

박용우   아… 글쎄요.

팽지인   다들 그냥 그러는 척, 노력하고 있는 거 아닌가? 사람들이 정말 누굴 좋아하고, 사랑할 수 있다면, 지금 세상이 왜 이런 거죠? 전 그렇게 생각 안 해요. 그냥 눈에 보이는 대로 생각하면 되는 거예요. 그게 진짠 거죠. 근데 자꾸 보이지 않는 것, 그래도 아름다운 것을 찾으려고 하니까 이해도 안 되고, 오히려 더 나빠지는 거예요.

사이.

팽지인   그래도 이건 진짜라고, 믿어보고 싶고, 꼭 붙들고 싶은. 그래서 나도 어떻게든 그게 있든 없든 돼보고 싶은. 선생님도 그런 사람이 있나요?

박용우   예, 그렇겠죠.

팽지인   그치만, 입을 열려고 하면 턱 막혀요.

사이.

박용우   그러니까 그 사람이…

팽지인	샘이 씨가 선생님 좋아한다는데.
박용우	예?
팽지인	아… 예, 그러니까… 모르셨어요?
박용우	예.
팽지인	샘이 씨에 대해선 어떻게 생각하세요?
박용우	아… 좋죠. 착하고.
팽지인	아, 맞아요. 참 좋은 친군 것 같아요. 여자로서도.
박용우	그런데, 아무래도 나이 차이도 있고…
팽지인	그런 게 뭐가 중요해요.
박용우	그렇긴 하지만. 에이, 말도 안 돼요, 내가 걔를 안 게 벌써 몇 년인데. 삼사 년은 됐겠다. 대학생 때부터 봤는데. 샘이는 나를 선생님이라고 불러요. 진짜 나이 차이도 그렇고, 물론 뭐 좋아해주는 거야 고맙지만, 난 이제 아저씬데요.
팽지인	역시 그런가…
박용우	네? 그렇죠 뭐. 말도 안 돼요, 진짜.
팽지인	전혀 몰랐어요?
박용우	(짧은 사이) 네. 전혀.

사이.

| 팽지인 | 너무하네요. 그렇게 오랫동안 보셨다면서. 좋아하는 마음 하나 눈치 못 채고. 그렇게 눈치가 없어요? 그럴 줄 몰랐어요, 전혀. |

지인의 휴대폰이 울린다.

| 박용우 | 뭐, 요새라면…. 다른 데에 온통 신경이 쏠려서 |

	말이죠.
팽지인	칼럼 말인가요? 그래도 그렇지. (휴대폰을 무음 모드로 바꾼다.)
박용우	언제부터 그렇게 샘이를 챙겨주게 된 건가요?
팽지인	네? 무슨 뜻이에요, 그게?
박용우	그런 문젠 샘이가 저한테 직접 얘기할 문제잖아요. 지인 씨가 나서서 그렇게 절 떠보시는 이유가 궁금해져서요.
팽지인	떠보다니요?

전화가 끊긴 걸 지인이 확인한다.

박용우	아까 말한 거, 믿어보고 싶고, 붙들고 싶다는 그건 무슨 얘기였어요?
팽지인	그건… 샘이 씨 얘기죠.
박용우	정말?
팽지인	… 네.
박용우	… 제가 졌어요. 마음대로 하세요.
팽지인	뭔가, 오해가 있으신 것 같아요.
박용우	이런 효율 없는 순환 논법은 그만합시다. (지인에게 키스하려 한다.)
팽지인	이러지 마요.
박용우	왜요? 결국 이런 거잖아요?
팽지인	아니요.
박용우	내가, 내가 얼마나 외로운지 알아요? 내 인생은 황폐해요. 끝이 없어요. 늘 구원을 찾아요. … 드디어 그걸 찾았는데.
팽지인	…

박용우	우린 비슷한 사람들이잖아요.
팽지인	선생님.
박용우	시간이 없어요, 우린 매일 끝나가고 있어요. 더 이상 젊지 않아요.
팽지인	전 아니에요.
박용우	우리 좀 솔직해져요. 당신이랑 그냥, 안고 누워 있으면 좋겠어요.
팽지인	…
박용우	알잖아요. 누군가와 같이 안고 있는 기분. 너무 오래된 것 같아요. 황폐해요. 아무도 없어요. 이젠 브래지어 푸는 방법도 잊어버린 것…
팽지인	…
박용우	아, 죄송합니다. (사이) 근데 정말이에요. 당신이 얼마나 예쁜지 알아요? 당신 생각밖에 안 나요, 하루 종일.
팽지인	정말요?
박용우	네! 왜 제가 계속 글도 안 쓰면서 여길 오겠어요, 잘 알잖아요.
팽지인	알잖아요.
박용우	뭘요?
팽지인	어떻게 될지.
박용우	아뇨, 몰라요. 난 아무것도 몰라요.
팽지인	후회할 거예요. 분명히.
박용우	정말요?
팽지인	…예.
박용우	한 번만요. 한 번만 만나보는 거예요. 그리고 아니면 잊어버리면 되잖아요. 아무것도 아니잖아요.

팽지인	…
박용우	안 되나요?
팽지인	…
박용우	알겠습니다. (사이) 알겠습니다. (사이) 당신이 싫다면 나도 굳이 하지 않을게요. (사이. 일어나며) 이제 여기 안 올 겁니다. 그만할게요.
팽지인	… 그럴 수 있겠어요?

용우, 지인에게 키스한다.
남건, 박하사탕을 가지고 들어온다.
용우와 지인, 남건을 발견하고 떨어진다.
지인, 편집실로 들어간다.
샘이, 들어온다.

장샘이	(남건에게) 잘 쉬셨어요?

짧은 사이.

장샘이	아, 선생님 역시 오셨네요. 잘됐다. 역시 독자 대표.

잠시 모두 멈춰 있다.
지인의 휴대폰이 울린다.

암전.

3장

편집장을 비롯한 『시대비평』 사람들이 모인 술자리.
다들 제 생각에 잠긴 듯, 가라앉아 있다.
남건, 줄곧 자작하며 술을 들이킨다.
샘이, 종종 지인 쪽에 눈치를 보내나, 지인은 눈길을 피한다.

서상원	이것도 나름 적응이 되네요, 사무실 술자리.
조형래	역시 그렇죠?
서상원	네, 정감 있어요, 단출하고. 박 선생님도 빠지지 않고 와주셨네요?
박용우	하하… 네.
서상원	아닌 게 아니라, 꼭 우리 식구 같단 말이야. 그렇죠, 여러분? 이참에 아예 여기 취직해버리는 거 어때요?
조형래	하하하, 그거 괜찮은데요? 여기 요쪽에다가 책상도 놓고. 집필실 겸 뭐, 하하하하…

가라앉은 분위기, 가실 줄 모른다.
형래, 눈치를 보다가 복사실로 들어가 기타를 가지고 나온다.

조형래	짠. 그 저기, 물론 아직 교정 중이지만, 인쇄야 때 되면 순조롭게 들어갈 테고, 제가 마감 기념 파티라고 해서…
서상원	파티는 뭐, 회식이죠, 허허.
조형래	아, 네 회식. 어쨌든 편집장님 새로 오시고, 첫

마감이었잖습니까? 좀 신나는 회식 자릴 위해서
제가 좀 준빌 해봤습니다.

장샘이 　　멋있어요, 선배님.

조형래 　　그럼, 저기 제가 손에서 놓은 지 좀 되긴 했지만,
　　　　　예전에 한 기타 쳤었죠. 한 곡 뽑아도 되겠죠,
　　　　　편집장님.

서상원 　　아 뭐, 그럼요.

김남건 　　기타는 무슨 기타야, 이런 자리에.

조형래 　　그래도, 옛날 생각도 나고 좋잖아.

김남건 　　좋긴.

서상원 　　아니, 뭐 좋네요. 한 곡 들려주시죠?

조형래 　　하하, 그렇죠?

형래, 기타를 치며 김광진의 <외로운 사람, 힘든 사람, 슬픈
사람>을 열창한다. 어느 정도 부르다간, 갑자기 멈춘다.

박용우 　　왜, 멈추세요?

조형래 　　내가 아무래도 좀 오버했나 싶어서요.

장샘이 　　오버는요…

조형래 　　분위기 보면 알지, 내가 그렇게 둔한 사람도
　　　　　아니고. 아니 그래, 뭐 내가 좀 백십 볼트긴
　　　　　하지? 내가 그렇지 뭐.

장샘이 　　그런 거 아니에요.

조형래 　　됐어. 나이만 들어갖곤, 눈치도 없고. 고루하고,
　　　　　구시대적이고.

김남건 　　(마지못해) 아니, 선배…

조형래 　　괜찮아. (사이) 내가 그래도 잘해보려고 그러는
　　　　　건데. 알지, 내가 주인공은 못 돼도, 그래도 좋은

조연은 할 수 있는 거잖아. 옛날에 사무실에서도 기타 치면서 놀고 그런 거 생각나서 해본 건데. 그땐 재밌었잖아. 사람도 많고. 요즘 다들 뭔가 기분도 처져 있고 그런 거 같아서. 난 다들 생각해서 그런 건데… 요즘은 뭐가 이렇게 다 복잡하냐.

장샘이　　　그런 거 아니에요. 잘 듣고 있느라 그랬던 거예요.

조형래　　　…그래?

김남건　　　그래요. 좋더만. 옛날 생각도 나고. 거 계속 쳐봐요.

조형래　　　정말? 그래, 알았어. 그럼 이번엔 신나는 걸로.

형래, 다시 기타를 치면서 노래 부른다.
김장훈의 <노래만 불렀지> 혹은 권진원의 <푸른 강물 위의 지하철>.
노래는 잘 못 부르나 기타 연주는 그럴듯하다.
사람들, 마지못해 따라 부르기도 하고, 박수도 쳐주며 장단을 맞춰준다.
샘이, 일어나서 지인에게 함께 장단 맞추는 걸 청하나,
지인은 외면한다.
점점 각자가 안으로 침잠해 간다.
노래가 끝난다.

서상원　　　(박수친다.) 야- 좋네요. 너무 좋아요. 보기 좋네요. 참, 옛날이 좋았지. 지금이랑 너무 달라.

조형래　　　편집장님도 한 곡 하실래요?

서상원	아닙니다. 전 기타도 못 치고.
조형래	제가 또 한 오부리 하거든요. 제가 절대 음감이거든요. 그래서 옛날엔 가수되고 싶었는데…
서상원	괜찮아요. 괜찮아요. 잠깐 쉬죠, 여러분. 제가 드릴 말씀도 있고.

형래, 그대로 서 있자,

서상원	자자, 형래 씨도 앉고. (사이) 제가, 드릴 말씀이 있습니다.

형래, 자리에 앉는다.

서상원	네… 이거 뭐 '시대밴드'라도 만들어야 하는 거 아닙니까? 형래 씨 기타에, 샘이 씨가 리드보컬하고, 강 선생님은 드럼 어때요? (별 반응이 없다.) 네, 그, 차치하고, 오늘 굳이 이렇게 회식 자리를 만든 건 제가 『시대비평』 여러분께 긴요하게 드릴 말씀이 있어서입니다. 상당히 중요한 이슈라서 아무래도 다 같이 술도 한잔하면서 논의해봐야 할 필요가 있는 것 같아서요, 네. 음— 시대가 바뀌어가고 있고, 우리 역시 이 시대의 흐름에서 벗어날 순 없습니다. 시장의 흐름이라는 것과 문화의 흐름에서 자유로울 수 없다는 거죠. 흐름에서 빗겨난 순간, 도태되고, 사라지는 건 운명적인 일이죠. 사람들이 보지 않는다는 것은 그것이

너무 심오하고, 이해할 수 없어서가 아니라,
자신들에게 와 닿지 않기 때문이에요. 이제
대중에게 담론을 제시하는 것이 아니라, 이슈에
대한 대중의 반응을 읽어내고, 맞춰가야 합니다.
그것이 오늘날의 담론이라고 생각합니다.
시대가 그렇습니다. (짧은 사이) 사람들이 필요로
하는 모습이 되어줘야 합니다. 그게 되지 않을
때, 출판사나, 광고주가 이곳을 계속
무조건적으로다가 믿고 지원해준다고 대책 없이
생각해버릴 수도 없는 노릇이고요. (사이) 예…
사실 그동안 우리 계간지『버젯』을 지원해주던
N출판사에서 금번 재정 위기와 관련하여 더
이상 지원을 해줄 수 없다는 통보를 받았습니다.

사람들, 동요한다.

서상원   예, 당혹스러우시죠. 저도 이 문제로 며칠간 잠을
         이루지 못했습니다. 어떻게 하면 우리가
         살아남을 수 있을까. 긴 고민 끝에, 저는 같은
         계열사 잡지였고, 현재는 훌륭한 독립 법인으로
         자립 경쟁성을 지니고 있는 대중문화 잡지『컬처
         브랜딩』과의 논의를 통해,『시대비평』과『컬처
         브랜딩』을 통폐합하는 데 있어서 긍정적인
         반응을 얻어냈습니다. 물론 변화를
         감수해야겠지만. 제호와 기타 작은 문제들은
         추후 다시 의논해보자고 했고요. 여러분도
         아시다시피『컬처 브랜딩』은 적절한 대중성,
         그러면서도 그 콘텐츠들의 깊이에 있어서…

김남건	잠깐만, 지금 나만 잘못 들은 건가?

사이.

김남건	다들 가만히 있는 거 보니, 내가 잘못 들은 거지?
서상원	김 팀장님.
김남건	그러니까 통폐합시킨다고 한 거죠? (빈정거리며) 『컬처 브랜딩』이랑?
서상원	당장 받아들일 수 없는 점은 잘 알겠어요. 당연하지.
김남건	여기를 통폐합시킨다고?
서상원	내 말 들어봐요
김남건	듣고 자시고.
서상원	지금 받아들일 수 없다는 건 알겠어요. 하지만 나도 모든 면에서 고민한 결과 나온 방향이야. 예산 지원 없이 계간지 하나 내는 것도 어렵다는 거 김 팀장도 알잖아요. 그리고 우리 직원들도 모두 그쪽에서 받아주는 걸로 얘기도 됐고…
김남건	니가 뭔데?
서상원	네?
김남건	니가 뭔데 날 이렇게 만들어?
서상원	아니 무슨 소립니까. 내 말은 그런 게 아니라…
김남건	니가 뭔데!
조형래	아, 김 팀장. 그러니까, 이럴 땐 서로 차근차근 얘기해가면서…
김남건	닥쳐요. 선배는 좀 닥치고 있어봐.
조형래	…
김남건	아니, 그러니까, 이 『시대비평』을 너 따위가

통폐합하겠다고? 얼마나 많은 사람들이, 얼마나 많은 글이 이곳을 왔다갔는지 알기나 해? 우리가 얼마나 많은, 대단한 일들을 해냈는지 알기나 해? 그러고선 우린 들러리로 껴준다고?

서상원　　김남건 씨. 흥분하지 말고 들어봐. 당신 기분 나도 알겠어. 하지만…

김남건　　당신이야말로 들어. 나도 이곳에 멋모르고 들어왔지만. 그래도 나한테, 생각하고 보는 눈을 가르쳐주고, 또 그걸 독자들과 나누는 가치를 알려준 곳이야. 박봉에 허구한 날 사무실에 처박혀 있어야 하지만, 그래도 그런 의미가 있다고 생각해서 나는 여기에 내 젊은 날들을 바쳤던 거야. 근데 기껏 예산 타령이나 하면서 여길 없애버린다고?

서상원　　사람들이 찾지도 않잖아. 독자들은 솔직하다고. 찾지도 않는 데서 무슨 의미가 있어.

김남건　　그래. 고맙네. 좋은 걸 알려줬어. 아주 좋은 걸 깨닫게 해줬어. 내가 멍청했지. 아무도 알아주지도 않는데, 나 혼자 뭘 해보겠다고. 내가 멍청했지. 내가 무슨 '시대' 기자를 한다고. 그냥 회사나 들어가서 돈이나 벌었어야 했는데. 인생을 망쳐버렸어.

서상원　　대체 무슨 소릴 하는 거야. 나도 할 만큼 한 거야. 당장 인쇄비도 안 나오는 걸 날더러 어떡하라고.

김남건　　그런 문제가 아니잖아.

서상원　　그럼 뭐가 문제라는 거야?

사이.

117　　　4막 3장

김남건	이런 식은 아니잖아. 어떻게, 날 이렇게 만들어? 나도 어떻게든 따라가 보겠다는데. 내가 이렇게까지 해서 여기를 지켜보겠다는데. 어떻게 사람을 이렇게 만들어?
서상원	지금 대체 무슨 소리를…
김남건	그래 시대 바뀌었지. 근데 있잖아. 그래도, 다 사라져버릴 순 없는 거잖아. 살아야 하잖아. 어떤 의미라는 게 있는 거잖아.
서상원	의미? 그게 뭔데? 여기가 뭔데? 당신이 뭔데?

아무도 대답하지 못한다.

김남건	그만하겠습니다. (사표를 책상에 내던진다.)

사이.

김남건	이제 그만하겠습니다.
박용우	남건아.
김남건	애초에 여기 들어오게 된 게 잘못이었어. 내가 잘못 살았지. 뭐 좋은 꼴 보겠다고. 내가 잘못 살았지. 차라리 몰랐으면 좋았을걸.
장샘이	이거 쓰는데 이렇게 오래 걸렸어요? 시시하다 정말. 비겁하게.『시대비평』은 팀장님이 아니에요. 그동안 '시대'를 생각한 게 아니라, 팀장님을 생각했던 거예요?

사이.

장샘이, 사직서를 본다.

장샘이   고작 이거예요? … 기다렸는데. 제가 여기 못
                있겠네요.

샘이, 사무실을 나간다.

사이.

김남건   … 어떡하지?

다들, 아무 말이 없다.

긴 사이.

서상원   말이 통할 리가 없지. 대체 무슨 소리들을 하고
              있는 거야. … 난 할 만큼 했어. 할 수 있는 걸
              했다고.
팽지인   알고 있어요. 내가 알면 되잖아요. 그만해요.

사이.

강수혜   참 기네. 겨울.

사이.

강수혜   금방 지나가겠지.

더 이상 말들이 없는 가운데, 수혜, 테이블을 정리한다.
바닥에 떨어진 사직서를 줍는다.

사이.

암전.

에필로그

봄날 오후 세 시경.
용우, 사무실을 올려다보고는 건물 안으로 들어간다.

김남건   어, 왔어?
박용우   어.
김남건   미안, 지금 쬐까 바쁜데… 무슨 일이야?
박용우   아니, 뭐, 그냥. 지나가다.
김남건   … 싱겁긴. 알았다. 이따 얘기하자.
박용우   그래.

용우, 잠시 서 있다가 자리에 앉는다.
지인, 사무실로 들어온다.

팽지인   아, 안녕하세요.
박용우   안녕하세요.

짧은 사이.

팽지인   잘 지내시죠?
박용우   네… 디자이너님은 어떻게…
팽지인   얘기는 들으셨죠? 같은 계열 다른 잡지로 같이
                옮긴 거. (짧은 사이) 적응 중이에요. 그래도
                분위기는 나쁘지 않은 것 같아요.
박용우   그런가요. 다행이네요.

팽지인   여기도… 잘되면 좋을 텐데.
박용우   네… 그러게요.

사이.

박용우   여긴 무슨 일로?
팽지인   아, 놓고 간 게 있어서요.
박용우   아.

사이.

팽지인   선생님은?
박용우   예?
팽지인   선생님은 무슨 일로 오셨어요?
박용우   아… (사이) 놓고 간 게 있어서요.
팽지인   재밌네요.
박용우   예…
팽지인   예… 그럼.

지인, 편집장실로 들어간다.

팽지인(소리)   안녕하세요.
김남건(소리)   아, 안녕하세요.
팽지인(소리)   저번에 말씀드린 거 때문에요.
김남건(소리)   아… 그거. 잠시만요.

용우, 다시 앉는다.
용우, 그저 앉아 있다. 분주한 사무실의 소리들.

샘이, 회의실을 지나쳐 가다가 용우와 마주친다.

박용우	샘이 씨.
장샘이	…
박용우	아직 여기…
장샘이	예, 마무리하는 것까지는 저도…

사이.

장샘이	선생님.
박용우	예.
장샘이	언젠가는 저도 선생님처럼 되겠죠?
박용우	…
장샘이	휩쓸리지 않고, 오롯이 서 있을 수 있는 그런 어른?
박용우	… 그래요.
장샘이	… 고마워요, 선생님. 늘. (짧은 사이) 역시 독자 대표.
김남건(소리)	여기요.
팽지인(소리)	고마워요.
김남건(소리)	잘 지내시죠?
팽지인(소리)	예. 팀장님도 건강하시죠?
김남건(소리)	예. 저야 항상 건강하죠.
팽지인(소리)	술 너무 드시지 마시고요.
김남건(소리)	예, 요즘 술 끊었습니다. 하하.
팽지인(소리)	다행이네요.

사이.

팽지인(소리) 그럼, 가볼게요.

김남건(소리) 예… 꼭 건강하세요.

지인, 나온다.

샘이, 지인과 어색하게 인사하고는, 편집장실로 들어간다.

팽지인	찾았네요.
박용우	예.
팽지인	이제 꽤 따뜻해졌죠.
박용우	예, 이제 봄이니까요.
팽지인	예, 이제 봄이니까.

사이.

팽지인	놓고 간 건 찾으셨어요?
박용우	아뇨.
팽지인	잃어버리신 거예요? 얼른 찾으셔야 할 텐데.
박용우	괜찮습니다. 어디 있겠죠.
팽지인	꼭 찾으시기 바랄게요.
박용우	고맙습니다.

사이.

팽지인	그럼 가볼게요.
박용우	예, 안녕히 가세요.

지인, 나간다.

용우, 지인이 나간 문 쪽을 보며 잠시 서 있다.

남건, 나온다.

김남건	용우야.
박용우	응?
김남건	용우야.
박용우	응?
김남건	있잖아.
박용우	응.

사이.

강수혜(소리)	여보세요? 예, 안녕하세요. 『시대비평』입니다. 그동안 정기구독 하셨었죠? 예. 다름이 아니고 저희가 겨울호 이후 잡지사 사정으로 잠시 휴간 예정이라서요. 예. 그래서 금년 잔여 구독료 환불 때문에…
장샘이(소리)	편집장님.
김남건	편집장은 얼어 죽을. 왜?
장샘이	성명대 허 교수님 전화 왔는데, 연재 칼럼 건 때문에…
김남건	내가 이따 직접 전화 드린다고 해.
장샘이	예.

사이.

김남건	… 지금 아프리카는 찌는 듯이 덥겠지?
박용우	여름은 지나갔겠지.
김남건	죽기 전엔 한번 가봐야 할 텐데.

125   에필로그

박용우   …

사이.

김남건   자, 또 일을 해야지. 일을, 해야지.

남건, 용우에게 사탕을 주고는 편집실로 들어간다.

조형래(소리) 김 팀장.
김남건(소리) 예.
조형래(소리) 어제 인터뷰한 것 말야…
강수혜(소리) 안녕하세요.『시대비평』입니다…

소리가 멀어져간다.
용우, 잠시 서서 사무실을 둘러본다.
출구로 향하려는데…

암전.

끝.

이음희곡선

외로운 사람, 힘든 사람, 슬픈 사람

처음 펴낸날   2019년 2월 28일

지은이   윤성호
펴낸이   주일우
펴낸곳   이음
등록번호   제2005-000137호
등록일자   2005년 6월 27일
주소   서울시 마포구 월드컵북로1길 52, 3층
전화   02-3141-6126
팩스   02-6455-4207
전자우편   editor@eumbooks.com
홈페이지   www.eumbooks.com

ISBN   978-89-93166-85-9 04810
             978-89-93166-69-9 (세트)
값   7,800원

+ 이 책은 두산연강재단 두산아트센터와 협력하여 제작하였습니다.

+ 이 도서의 국립중앙도서관 출판예정도서목록(CIP)은
  서지정보유통지원시스템 홈페이지(http://seojin.nl.go.kr)와
  국가자료공동목록시스템(http://www.nl.go.kr/kolisnet)에서
  이용하실 수 있습니다. (CIP제어번호:CIP2019005370)